鐵血警花

宋思明 著

群众出版社·北京

图书在版编目（CIP）数据
铁血警花／宋思明著．—北京：群众出版社，2018.8
ISBN 978－7－5014－5755－7
Ⅰ.①铁…　Ⅱ.①宋…　Ⅲ.①长篇小说—中国—当代
Ⅳ.①I247.5
中国版本图书馆 CIP 数据核字（2017）第 233655 号

铁血警花

宋思明　著

出版发行：群众出版社
地　　址：北京市丰台区方庄芳星园三区 15 号楼
邮政编码：100078
经　　销：新华书店
印　　刷：三河市荣展印务有限公司

版　　次：2018 年 8 月第 1 版
印　　次：2018 年 8 月第 1 次
印　　张：6.875
开　　本：880 毫米 × 1230 毫米　1/32
字　　数：160 千字

书　　号：ISBN 978－7－5014－5755－7
定　　价：30.00 元

网　　址：www.qzcbs.com
电子邮箱：qzcbs@sohu.com

营销中心电话：010－83903254
读者服务部电话（门市）：010－83903257
警官读者俱乐部电话（网购、邮购）：010－83903253
文艺分社电话：010－83903973

内容简介

《铁血警花》是一部反映现实生活、讴歌人民警察的优秀作品，具有重要的现实意义。

这部作品从公安战线最基层的战斗组织派出所入手，可谓“从小处落笔”，却把着眼点放在与广大人民群众的利益、安危息息相关的大事上，可谓“小中见大”。

聪颖、帅气的“官二代”刘文浩爱上了靓丽、素雅的女警察王钰。同时，骄横、傲慢的“富二代”贺冬梅也爱上了刘文浩。王钰背负着恋人被夺、爱人被捕的巨大压力，出色地完成了破案、处突、救灾等特殊任务，体现出了一名新时代女警察的博大胸怀与责任担当，可亲、可爱、可敬！

王钰为侦破毒品大案而乔装成送货人接头时，发现接货人竟然是自己当年情同姐妹的战友。最终，一名警察的神圣职责战胜了心理上的短暂变化……

在这部作品中，作者对正反两面人物的心理描写都十分真实可信。于是，人民警察的光辉形象便在这一矛盾冲突中脱颖而出……

周围漆黑一片，只有舞台上被灯光照得如同白昼。此时，王钰与同事罗丽英、胡秋萍、张晓莉正在舞台前面维持秩序。面对观众，她们显得光彩照人，成了万众瞩目的焦点。

演出就要开始了，观众入场时的嘈杂、混乱渐渐地平息了。电视台的摄像师正在调试镜头，刘文浩从人群中挤过来，关切地问："调好了吗？"

"调好了。你快看！"摄像师移开半步，让刘文浩站在用脚手架固定的摄像机前。

刘文浩把头凑近取景框，不由得被镜头前的王钰吸引住了。王钰那水汪汪的大眼睛闪动着灵光，桃腮杏面，脸颊白嫩红润，就像谷雨时挂在树枝上的樱桃，让人垂涎欲滴。她穿着量身定制、裁剪得体的警服，站立在舞台前，就像一座生动的雕像——不，就是一个女神！

突然，王钰的影像从镜头中消失了。刘文浩抬起头来，只见主持人站在舞台中央大声宣布："中央电视台'心连心'

艺术团赴洛源灾区慰问演出现在开始!”王钰和几名女民警在演出开始前就离开了，消失在了人海中。

刘文浩用摄像机在全场搜寻着。摄像师催促了他几次，他才坐回到自己的座位上，陪同县领导观看演出。他坐立不安，不时地站起来环顾四周。舞台上，演员们极尽艺术夸张地表演着，博得了观众的阵阵掌声、欢呼声和尖叫声。刘文浩没有鼓掌，也没有笑。有什么值得叫好的？养眼的东西，他见多了！特别是女演员，在舞台上艳丽多姿，但是由于长期过度化妆而改变了肤质，一卸妆就要多难看有多难看了。刚才见到的那位女警察，天生丽质，不涂口红、不抹胭脂，也不戴首饰，一身藏蓝色的警服，多素雅啊！女演员为了取悦于观众，宁可损伤自己的身体，这的确会让人同情、怜悯，甚至敬重。但是，“艳丽含俗气，素雅蕴高洁”，女人如果总是浓妆艳抹、招蜂惹蝶，就让人觉得有点儿匪夷所思了。

演出现场人多、浊气重，气味十分难闻。刘文浩实在没有什么兴致继续观看演出了，便一个人走到场外去透透气。场外有很多警察，有的在执勤，有的在休息，有的偶尔看一下舞台上的表演。他一眼就看到了站在舞台前面维持秩序的那个女民警。这时，她正在三十米开外的场边休息。他从人群中挤了过去，想近距离地看一看她。只剩下十米左右就走到那位女民警身边了，可她却一闪身不见了。他想在周围找一找，但是节目就要演完了，有些观众已经开始离场了。几分钟后，观众如海水退潮一般拥了出来，旋即把他给淹没了。

回到宿舍，镜头中那个女民警的影子仍然在刘文浩的脑海中，挥之不去。他掏出手机，给摄像师打了个电话，问镜头中那个漂亮的女警察叫什么名字，并且要求摄像师把演出前维持秩序的那几个女警察的影像资料送过来。十几分钟过去了，摄像师还没有到。他急了，又打电话催：“为什么还不送来?”

摄像师气喘吁吁地跑过来，把录像资料递给了刘文浩。刘文浩给摄像师让了座，又倒了一杯冰水，便手忙脚乱地准备播放录像。

摄像师满头大汗，一口气喝光了冰水，又倒了一杯。喝完了第二杯冰水，摄像师大声招呼了一下：“刘主任，我走了!”

“慢走，不送!”刘文浩坐在沙发上，一遍又一遍地播放着录像，直到播放机发烫了才关机上床。但是，他无论如何都睡不着，脑海里总是浮现出那个女警察的样子。她是哪里人？多大年龄了？结婚了吗？他甚至在想，她在干什么呢？

那么，王钰究竟在干什么呢？晚上十点，她仍然在“出现场”。演出快要结束时，也就是刘文浩在场外远远地看到她时，她接到了报警。洛源派出所辖区内的锅底村罗祖才家的房子被烧了，罗祖才瘫痪在床的儿子死在了大火中。王钰立即向在演出现场担任总指挥的县公安局局长王世安简要地汇报了接警的情况。按照局长的命令，王钰带领罗丽英、张晓莉、胡秋萍先行抵达了现场。

锅底村真是名副其实，周围都是高山，中间有一片洼地，就像一口铁锅。锅底村的中央有一条较深的豁口。一条名叫“洛水”的河从豁口流出，将锅底村分成了两半。洛水河畔有一条乡村公路，向上通往洛源镇的洛表、洛旺、洛亥三个村庄，向下通往洛源镇政府机关所在地。洛源镇政府机关离锅底村只有两公里，王钰她们不一会儿就到达了现场。这时，县公安局刑警大队的副大队长张云武带领五名刑警，与消防大队的两个参谋一起赶来了。民警们一边勘查现场，一边走访群众。

在走访中，民警们了解到：罗祖才，六十二岁，年幼时患有佝偻病，落下了驼背的毛病，人送外号“罗锅”。如今，他岁数大了，人们就喊他“罗哥”（“罗锅”的谐音）。罗哥家有五口人。他的老伴儿一年前死在了地震中。儿子罗成辉在地震时被落下的飞石砸成了重伤，经抢救保住了性命，但是截掉了下肢，长年躺在床上。女儿罗成凤一年前到深圳打工去了。儿媳邓淑芬天黑后背着三岁多的儿子到洛源镇看演出去了，听说家里出了事才赶回来。罗哥也到演出现场看热闹去了。他年纪大了，又是驼背，走得比较慢，天还没黑就约上村子里的几个老伙伴去了洛源镇，到现在还没有回来。

村子不大，只有一百多口人。除了几个年纪大了的老人和一个正在坐月子的妇女以外，村里人都到洛源镇去看热闹了。看完演出，他们正陆陆续续地往家赶，所以罗哥家的房子是怎么着的火，没有人知道。大火恣意蔓延，吞噬了整座房子。

现场很快就勘查完了。罗哥家的房子和所有的财物，除了铁制家具以外，全都被烧毁了。与罗哥家的房子有三米左右的距离的猪圈也被“火烧连营”了，现场只有被烧焦了的一头猪的尸体。民警们用手电筒仔细勘查着现场，不放过任何蛛丝马迹。

王钰和张云武交换了一下意见，初步判断罗成辉不是被烧死的，而是被人害死的。他们把情况向王局长进行了汇报。王局长认为立案的证据尚且不够充足，要求他们组织民警继续开展外围调查，以获取更多的证据。第二天，他们将陪同县委领导到锅底村去指导破案。

刘文浩前一天晚上没有睡好，早晨快到上班时间才醒来。他洗漱完了之后，小跑着来到了办公室。他刚坐下，县委宣传部的陈忠部长就推门进来了。陈部长告诉他，前一天晚上，洛源镇的锅底村发生了火灾，涉及杀人焚尸案。陈部长还说，县委分管政法工作的郭军副书记要到现场去，刘文浩必须马上做好准备，陪同郭副书记前往锅底村。

一个月前，刘文浩刚从珠源市的市委宣传部被调到洛水县的县委宣传部任外宣办主任。他毕业于武汉大学中文系的汉语言文学专业，四年前考入了珠源市的市委宣传部。他的父亲刘学峰曾经在朝阳市的市委办公室当副主任，五年前被调到洛水县当了县长。他的母亲张怡跟随他的父亲到了洛水县，在县医院当了副院长。洛水县的县委书记半年前被提拔到珠源市任副市长，刘学峰则转任洛水县的县委书记。刘学峰、张怡夫妇已年过五十，所以市委领导同意了他们的请求，出面把刘文浩从珠源市调到了洛水县，一家人在一起好有个照应。刘文浩到洛水县的时间不长，有很多情况都不熟悉。他很想知道与洛源镇有关的信息，更想知道王钰的情况。他想，王钰一定在火灾现场，到了现场就能和王钰接触了。于是，他一边做着出差的准备，一边向同事打听洛源派出所的情况。很快，他就掌握了王钰的一些情况：二十五岁，省警官学院刑事侦查系毕业，一个月前从县公安局治安大队被调到洛源派出所任副所长，主持工作。她的父母都是洛水县人，在洛水县第一中学当老师，快要退休了。

洛水县地处横断山脉深处，山峦起伏，如浩海腾波；幽谷深陷，如刀切斧劈。登高远望，山中有山，峰外有峰。绵延不绝的大山上沟壑纵横，溪水汇流成河。洛水流经洛源镇时，两岸的悬崖伸向河里，使河面变得很窄。河岸一侧的山峦状如长方形的旗帜，人称“倒旗山”，十分陡峭，连猴子都爬不上去；另一侧状如三角形的旗帜，斜坡上有几块平地，洛源古镇就坐落在上面。从河岸到镇上去，要经过一个隘口——洛源关口。站在关口处，五条交通线跃然眼前。闻名遐迩的五尺道呈“之”字形盘旋在陡峭的崖壁上，将近乎垂直的洛水河道、内昆铁路、“213 国道”、杭瑞高速公路依次串在一起，令人叹为观止。

汉代以后，五尺道时修时废，至今大多已悄然消失。洛源尚存的五百米左右的古道，是秦开五尺道留存较完整的一段。后来，洛源不再设关卡，也没有军队把守。现在，只有洛水县公安局在洛源镇设立了派出所，工作人员全是女民警，形成了洛源镇最引人注目的一道亮丽的风景线。她们一个个英姿飒爽，像英雄花一样灿烂夺目，守护着洛源的平安。

刘文浩与县委办公室秘书方成仁随郭军副书记到达了洛源镇。他们在镇政府的楼前下车时，王世安局长已经提前到了。寒暄了几句之后，一行人弃车沿山路朝锅底村走去，边走边商量着如何开展工作。刘文浩不认识路，走在最后。快到现场了，他又跑到最前面，不为别的，只想早点儿见到王钰。他在看热闹的人中挤来挤去，却没有见到王钰——王钰到农民家中走访，还没回来。他跟在郭军副书记身后，这里听听，那里看看，始终没有理清头绪。十多分钟后，王钰来到了现场，仍然穿着昨晚执勤时穿的警服。由于通宵没有休息，她眼里布满了血丝，略有倦意。刘文浩不停地打量着王钰，毫不介意周围人的眼神。王钰注意到了刘文浩看自己的眼神，却佯装不知，自然而得体地回答着领导们的提问。王钰说的是本地的土语，吐字十分清晰，语速不快不慢，就像眼前的洛水，自由地流淌，舒缓而有节奏。听王钰说话，也是一种享受。

听完王钰的介绍，郭副书记嘱咐随后赶来的洛源镇党委书记李学胤，一定要做好善后工作，把罗哥安排妥当，并及时向县民政部门申请补助，帮助罗哥家尽快重建住房。他要求王世安局长增派警力，务必尽快查明情况。王世安没有多说什么，只是叮嘱王钰保重身体，累了就休息一会儿，饿了就去找点儿吃的，不要硬撑着。刘文浩很想对王钰说点儿什么，可是话到嘴边又咽了下去。领导们与王钰握手告别，刘文浩也伸出手想与王钰握手。见王钰没有反应，他只好把手缩回来了，脸上露出了尴尬的笑容。他对王钰说："等你侦破了案件，我会在第一时间采访你！"王钰没说什么，只是向他挥手道别。

王钰和张云武按照王局长的要求，组织民警针对罗成辉的死因进行了外围调查，没有发现有价值的线索。因为发生了另外一起大案，所以刑警大队的民警们都撤走了。胡秋萍认为，罗成辉是被烧死的，所以没必要再查下去了，应该尽快结案。王钰不同意她的看法，认为应该展开进一步的调查。罗成辉没有死在卧室里，而是死在厨房里，所以他有可能是发现着火之后，从卧室爬到了厨房，想通过厨房的门逃生。但是，他死后口腔里比较干净，不像是被活活烧死的——应当继续摸排，以获取新的证据。

几天来，民警们不分昼夜地工作，十分疲惫。因此，王钰决定让大家回到洛源镇去进行休整。她刚走进办公室，就撑不住了，倚在办公室的凳子上迷迷糊糊地睡着了。过了一会儿，她便做起梦来。在梦中，她见到一个男人递给了邓淑芬一瓶"毒鼠强"。邓淑芬打开瓶盖，把毒药倒在煮好的面条中，端给了罗成辉。罗成辉吃完面条，没过几分钟就口吐白沫了。然后，邓淑芬点燃床铺，关上门，离开了现场。她从梦中醒来，头昏沉沉的。这时，有人敲门，吓了她一跳。

她睁开眼睛，发现周围的楼房里亮着灯。门外有人说话，大概是其他办公室的民警听到敲门声，出来了。她揉了揉眼睛，站起身来，打开门，走了出去。哦，原来是罗成凤知道哥哥死了，从深圳赶回来，求派出所的民警们帮她哥哥申冤。听罗成凤讲到在梦中听到哥哥喊“妹妹，我是被你嫂子害死的，你要为我申冤”时，王钰的心就像被针刺了一下。难道罗成辉真的是被人害死的吗？可是，梦就是梦，不能成为破案的依据。她从上衣兜里掏出纸巾，擦掉了罗成凤脸上的泪水，然后轻轻地说：“相信我们，一定会查明真相！回家去吧，照顾好你的父亲！如果发现了什么可疑的情况，请及时告诉我！”

回到家，罗成凤便偷偷地观察嫂子邓淑芬的一举一动，发现她最近总爱到屋外去接打电话。一天，侄儿一个人在屋外玩耍，突然大哭起来。邓淑芬跑出去看儿子时，放在屋里的手机响了。罗成凤连忙跑去拿手机，好让邓淑芬接听。她看了一眼手机的显示屏，发现上面显示的是“李克武”。于是，她暗暗地记下了这个名字。她不动声色地把手机递给邓淑芬，然后抱着还在啼哭的侄儿回到了屋里。李克武是谁？他们家的亲戚朋友中，没有这个人。这个人与邓淑芬的关系非同一般！

于是，罗成凤便盯上了邓淑芬。这一天，邓淑芬到洛源镇去赶集，罗成凤便把侄儿托付给邻居家的大婶，尾随着邓淑芬来到了洛源镇。

当天来镇上办事和赶集的人很多，罗成凤在人群中挤来挤去，邓淑芬的身影很快就在她的眼前消失了。她怀疑邓淑芬去了洛源变电站——李克武上班的地方。于是，她穿过四通八达的街道，来到了街口。变电站就在离她一百米远的地方，周围没有房屋，也没有树林，十分空旷。她没敢贸然靠近，埋伏在油菜地里观察了好一阵子，没发现有什么动静。

不一会儿，变电站的大门打开了一条缝，一个人从门缝里挤了出来。这个人不是别人，正是邓淑芬。紧接着，李克武从门缝里伸出了半个身子，四处张望了一下，见没有什么异常，便缩回了身子。他关门的时候，衣兜被门把手挂住了。他使劲儿一扯，撕破了衣兜，一张折叠好的纸片从兜里掉出来，落在了地上。李克武有些慌乱，没有注意到兜里的东西掉了。他看了一眼撕破的衣服，便把门关上了。门一关，隔着围墙，罗成凤就什么也看不见了。等邓淑芬走远了，她才轻手轻脚地跑到变电站的门口，弯下腰来，捡起地上的纸片就走了。

罗成凤走到没有人的地方，打开纸片看了起来："姓李的，按照你的要求，我把该做的都做了。如果你不快点儿同你的婆娘离婚，然后娶我，我就去投案。我不得好死，你也不会好过。你看着办吧！口说无凭，立字为据。"

铁证如山，邓淑芬和李克武没几个回合就招架不住了，如实地供述了杀人焚尸的犯罪事实。他们作案的过程竟然与王钰在梦中见到的大体上一致。做梦都能看见凶手作案——"王钰是神探"的传言不胫而走。于是，王钰便成了新闻人物，到处都有人在讲她侦破邓淑芬、李克武杀人焚尸案的故事。

刘文浩每天都在关注王钰破案的进展情况，很快就知道了破案的消息。他打电话请示了郭副书记之后，便叫上外宣办的同事和电视台的记者，急急忙忙地赶往洛源派出所，想尽快进行采访，好在当天晚上的新闻中向全县播报。

从洛水县的县城到洛源镇有三条道路可走：一是坐火车

走内昆铁路（只有十七公里，但是候车、离站很浪费时间）；二是坐汽车走杭瑞高速公路（速度快，但是绕来绕去地，还要停车取卡、交费，耗时多）；三是坐汽车走“213 国道”（虽然弯多、路窄跑不快，但是距离短，只需半个小时）。刘文浩决定走“213 国道”，一路上不断地催促驾驶员：“开快点儿！”驾驶员是本地人，十分熟悉路况，知道在哪里可以开得快一点儿，在哪里必须开得慢一点儿。稍不留神，车子就会撞到崖石上，或者掉入水中。洛水开始涨潮了，刘文浩坐在副驾驶的位子上，正好能看到岸边。宽阔的河面上有两只木船在漂荡，有人站在船上撒网捕鱼。道路两旁的树木一闪而过，偶尔有几只小鸟从林间飞过。他无心赏景，只盼着早点儿到达洛源镇。

车子直接驶入了洛源派出所。不巧，王钰押送邓淑芬、李克武到洛水县看守所去了，还没有回来。刘文浩从车里走出来，在派出所的院子里走动着，观察着动静。他这是第一次走进基层公安机关，感觉十分新奇。

经允许，刘文浩走进了王钰的办公室。办公室不大，只有十二平方米左右。里面的陈设很简单，却很整洁：一张办公桌、一对单人沙发。一进门，左侧的墙壁上挂着一副手铐和一根警棍，右侧的墙壁上挂着2005 年的挂历（已经翻到了4 月）。办公桌后面的墙上挂着“上善若水”四个大字，线条灵动，像洛水一样自然流畅。桌面的左上角有一个白色陶瓷花盆，盆里的兰花长得正盛。嫩绿的兰叶被刘文浩碰了一下，摇曳着，似在轻盈地舞蹈。嗅一下绽放的花瓣，一股清香扑鼻而来，让刘文浩心旷神怡，以至于走出门了还回头看一眼。

半个小时之后，王钰回到了派出所。她没有拒绝采访，但要求报道时不能泄露案情。

新闻报道本不是刘文浩的职责，但他非要亲自组织、亲自参与。比积极工作更重要的是，他想借此机会了解到关于王钰的更多信息。采访告一段落，刘文浩见缝插针，同王钰交谈起来。

此时，王钰整个人都处在破案后的喜悦之中，显得十分激动、亢奋，完全忘记了疲劳，对刘文浩有问必答。

刘文浩："罗成凤远在深圳打工，却能听到他哥哥喊她，这有点儿不可思议。"

王钰："人是有第六感的，在很远的地方也能感应到。罗成辉、罗成凤是亲兄妹，这种感应可能会更强。"

刘文浩："那你呢？你在梦中见到的情形与案情惊人地相似，难道也是感应吗？"

王钰："我不确定。这几天调查获得的大量信息在我的大脑中不断过滤，我时刻都在分析案犯作案的各种可能。也许是'日有所思，夜有所梦'吧。"

刘文浩："那其他民警为什么没有梦到呢？真是神了！难道你天生就是干警察的料？听说你高考成绩不错，可以报考重点大学，为什么要报考警官学院呢？"

王钰："没什么，说了你也不见得相信。"

刘文浩："有什么特殊原因吗？"

王钰："那倒没有。高考前，天气太热了，于是我妈妈就去服装店给我买衬衣了。她是晚饭后去的，离我上晚自习还有一个多小时的时间。她要我陪她一起去，挑选一件我喜欢的衬衣。可是，我们跑了两处都没有见到合适的衬衣。最后，在一家叫'天天时装'的服装店里，我挑了一件比较中意的衬衣。可是，妈妈到收银台去付款时，发现钱包不见了，里面有刚从银行取出来的两千元工资。妈妈认为钱包被小偷给偷走了，于是我便陪着她去派出所报了案……上完晚自习回到家里，我对爸爸、妈妈宣布：‘我要报考警校，毕业后当警察！’就这样，我当上了警察。”

刘文浩：“上了警校也不一定要当警察，当了警察也不一定要干一辈子呀！是什么让你对警察这个职业如此痴迷呢？”

王钰：“我才工作了三年，还谈不上痴迷。不过，三年来，警察这个职业让我接触了社会，明白了每一种职业都有它的特殊性，都有让人热爱的地方。”

刘文浩：“警察这个职业风险很大，可是有很多人仍然要去当警察，是因为灰色收入多吗？”

王钰：“这是对警察这个职业的一种侮辱。我不否认，警察队伍中有害群之马，但是绝大多数警察是好的，是值得信赖的。他们公正、清廉，甚至不怕流血牺牲。在和平年代，警察的牺牲比军人还要多，每天都有警察受伤、牺牲。”

刘文浩：“一线民警的工作十分危险，有很多女民警都不愿意去干。你为什么选择到派出所工作呢？”

王钰：“这不是我自己能选择的，只能服从组织的安排。我是女警察，不是警营中的花草。女警察也是警察，所以我要按照警察的标准来要求自己。”

刘文浩：“警察待遇不高，风险又大，你愿意长期干下去吗？”

王钰：“刚才我已经说过了，每一种职业都有它独特的魅力。我在警官学院学习了几年法律知识和公安业务知识，感到警察这个职业既光荣又神圣。那时，我就初步确立了自己的世界观、人生观和价值观。加入公安队伍以后，我发现，公安机关就像一个强大的磁场，吸引着广大民警，使其在公安队伍中步调一致。我相信，只要信念坚定、意志坚强，就不会因外力而脱轨。”

刘文浩被王钰的才华和气质吸引了，患上了相思病，白天不思茶饭，晚上不能入睡。

刘文浩额头宽阔、眉目清秀，思维敏捷、记忆超群，学习成绩优异。在校读书时，他就迷倒了许多女同学，谈过几次恋爱。工作之后，五年过去了，他逐渐成熟了，也更加有魅力了。有许多女青年主动约他吃饭、看电影，可是在刘文浩看来，当今的女孩大都轻浮、浅薄，没有几个像王钰这样优雅、大方的。她很有内涵，事业心和责任心很强。总之，王钰在他的心目中是完美的。但是，他知道，王钰这样的女人是很难接近的，需要耐心地等待机会，去打动她、说服她。

芒种到来之前，春播结束了，洛水县政府的工作重点转向了企业生产经营、干部培训和计划生育等方面。这天，陈忠部长打电话叫刘文浩去他的办公室，让刘文浩尽快拟订一个宣传方案，配合相关部门开展促进企业生产、增加税收的活动。

拟订这种活动方案对刘文浩来说，就是小菜一碟——方案很快就拟好了。他轻轻地敲了敲陈部长办公室的门，秘书方成仁将他引到了陈部长的办公桌前。他把文件放到桌面上，然后简要地叙述了一下方案的主要内容。陈部长边听边看，脸上露出了满意的笑容。他指着办公桌前的椅子说：“你坐吧。”

刘文浩坐下之后，陈部长看着他，以商量的口吻说道：“锦宏集团……”刘文浩参加工作五年以来，一直在机关做文案工作，没有组织过企业的宣传活动，所以他犹豫地看了一眼陈部长。陈部长的目光中充满了信任，让他有了信心。于是，他说道："好，我一定尽力而为。"

为了使宣传活动更加具有针对性，他需要掌握锦宏集团的具体情况。于是，他决定到锦宏集团去实地考察一下。

锦宏集团是一个集矿业、地产、商贸为一体的民营企业，年产值在十五亿元左右，下属十二个子公司，有员工五千余人。集团总部设在洛水县城，就在集团旗下的锦宏大酒店。锦宏大酒店是洛水最大、最豪华的五星级酒店，刘文浩来过两次，都是陪县领导来的。下午三点，刘文浩一个人步行到达了酒店的三楼。他走过一个宽敞的大厅，正要推门进入总裁办公室，一名保安拦住了他："请问，您找谁？"

"我找贺总。"

"约好了吗？"

"没有。"

"您有什么事要找贺总？"

"宣传方面的事情。"

保安让刘文浩等一会儿。这时，一个二十多岁、秘书模样的女青年走过来，在离刘文浩三米左右的地方停下了脚步，礼貌地说："先生，您好！这边请！"

秘书把刘文浩引到了总裁助理的办公室。刘文浩还没进门，就听见办公室里有人正在打电话："我说过多少遍了，我们公司是搞生产经营的，不是搞慈善救济的——这种募捐的事，今后不要再来烦我！"

锦宏集团总裁助理是总裁贺秋枫的独生女儿贺冬梅。她自幼娇生惯养，不懂得尊重别人。前年，她大学毕业后，被父亲聘为了总裁助理（一人之下，万人之上），就更不把别人放在眼里了。

刘文浩跟着秘书走进了办公室。秘书开口说道："助理，这位先生是为了搞宣传活动来的！"一个二十多岁的女青年坐在办公桌后面，面无表情地低头整理着文件："搞什么宣传啊？是推销产品吗？我们公司目前没有购买产品的计划。"

"不是，我是……"刘文浩连忙解释道。

可是，他刚一开口就被打断了：

"那你就是做广告的了！对不起，我们不做广告！"

"我不是来做广告的。"

"这也不是，那也不是，你究竟要做什么？我正忙着呢！"

刘文浩像吃了一只苍蝇一样，感觉很不舒服。但是，他没有生气，对秘书说："那我就先走了，回头再来找你们谈吧！"说完，他便走出了办公室。

刘文浩刚走，锦宏集团总裁助理办公室的电话就响了。电话是县委宣传部的人打来的，问县委对外宣传办公室的刘主任是否还在锦宏集团。电话里还说，陈部长一会儿就到，让刘主任稍微等一会儿。秘书把电话的内容给贺冬梅复述了一遍。贺冬梅这才恍然大悟，原来刚才来的那位就是刘主任。

于是，贺冬梅和秘书一起追到了大街上。在离锦宏大酒店一百米左右的地方，秘书追上了刘文浩。刘文浩停住了脚步，正好贺冬梅也赶到了。贺冬梅见刘文浩气宇轩昂、神采飞扬，顿时涨红了脸，说不出话来。她早就听说过，刘文浩是洛水县的县委书记刘学峰的儿子，一表人才。这样尴尬地与帅气的刘文浩相见，让她感到有些无地自容。秘书见状，连忙救场："请刘主任和我们一起回公司去吧，陈部长马上就到我们公司来视察了！"贺冬梅如梦初醒，忙不迭地说："对，请刘主任和我们一起回公司去！"

锦宏集团的总裁贺秋枫是省卫生学校毕业的，在县人民医院当了几年外科医生。后来，他离开了手术台，到县乡镇企业局坐办公室去了。干了没几年，他就因为符合“干部革命化、年轻化、知识化、专业化”的要求而当上了洛水县政府办公室副主任。再后来，他果断地向领导提出了停薪留职办企业的请求。三年后，他发现停薪留职羁绊太多，很难放开手脚，便痛下决心，彻底脱掉了公务员的外衣，全身心地投入到了商海之中。当然，他还留了一手，把同为公务员的老婆李学姝安排在了县体改委。这样一来，可以为获取大量有关经济政策的信息提供方便。后来，体改委与经贸委合并成立了发改委，李学姝当上了发改委的副主任，为他创造了更多的便利条件。在铅、锌的价格大涨的时候，他把矿山的股权转让给了省属的国有企业，赚了一大笔钱。在“企业兼并大战”中，他依靠雄厚的实力，兼并了十个优质的中小型企业，成立了锦宏集团。锦宏集团是洛水县最大的企业，在朝阳市也是名列前茅的企业。企业做大做强了，贺秋枫就有了强大的经济实力，成了能够呼风唤雨的重量级人物。他当上了县、市的人大代表，后来又当选了省人大代表，成了当地的名人。在县委宣传部组织的这次企业宣传活动中，他主动配合，使采访工作进行得十分顺利。

半个月后，各级电视台在一周之内连续播放了关于锦宏集团的系列报道，报纸上刊发了题为《秋枫再展锦绣宏图　洛水续写华彩乐章》的长篇通讯。一时间，“锦宏现象”成了热门话题，贺秋枫再度成了新闻人物。与此同时，《秋枫再展锦绣宏图　洛水续写华彩乐章》的作者也受到了人们的关注。大家一致认为，这篇通讯立意高远、观点新颖、笔调老练，是近几年来在《朝阳日报》上刊发的最好的通讯。人们第一次看到作者刘文浩的名字，颇感陌生。不过，越是陌生，大家就越感兴趣。于是，刘文浩便成了媒体追踪的对象。王钰反复阅读了刘文浩采写的这篇通讯，并且看了刘文浩的个人信息。她由此联想到一个月前与刘文浩交谈时的情景，对刘文浩这个人有了很不错的印象。

贺秋枫本人及其妻子李学姝、女儿贺冬梅十分关注电视台播报的有关锦宏集团的新闻和报纸上报道的有关贺秋枫的通讯。当然，他们也注意到了刘文浩。尤其是贺冬梅，把刘文浩的个人信息看了一遍又一遍，生怕漏掉什么。贺秋枫对媒体报道的内容十分满意，对那篇通讯更是大加赞赏。贺冬梅和她的母亲也对刘文浩很感兴趣，对他的学识、能力、家庭背景赞不绝口。贺冬梅已经二十六岁了，再不出嫁，就快成老姑娘了。这两年，贺秋枫夫妇为了择婿没少操心，可就是没有发现称心如意的。像他们这样的人家，要找到一个满意的女婿，简直比经营一个复杂的项目还要难十倍。另外，贺冬梅是一个十分挑剔的人，全洛水的男青年几乎没有一个能入她的“法眼”。

依她的性格，单独约见刘文浩是不成问题的。但是，出乎意料的是，贺冬梅与刘文浩初次见面显得十分尴尬，贺冬梅一下子就没了底气。

想见又不能见自己心爱的人，是一种煎熬。这天，贺冬梅实在忍不住了，便在晚饭后陪母亲散步时说出了心里话：“妈，我有意中人了。”李学姝心里明白，嘴上却不说——她要让女儿自己说。

“以前，你见一个吹一个，这回总算相中了。是不是人家不理你？”

“是啊……我又不好直接对他说。”

“你不是一向都很有主张吗？”

“妈，看您说的！”

于是，贺冬梅便把第一次见刘文浩时的情形对母亲说了，并且补充道：“这回不同了，您不帮我不成！”

李学姝心想，这件事情办起来还是有难度的。刘学峰是她的上司，如果这件事情处理不好，是会给锦宏集团和她的家人带来麻烦的。于是，她对女儿说：“我跟你爸爸商量一下再说吧！”

贺秋枫应酬完了之后，又到集团的办公室处理了几份文件，才准备回家。他的家在洛水县城的南部，离锦宏集团的总部只有三公里左右。现在是夜里十一点半，街上没有什么车，开车十几分钟就能到家。司机把车停下，打开后门，把贺秋枫请下了车。贺秋枫见家里的客厅亮着灯，知道老伴儿在等他，便让司机开车回去了。

李学姝听到了熟悉的脚步声，便出来迎接贺秋枫：“回来了！”

贺秋枫有些心疼地说：“这么晚了，怎么还没睡？”

“我这不是在等你嘛！”

“等我干什么？我晚回家是经常的事！以后不要再等了，早睡对身体有好处！”

李学姝看着疲惫的贺秋枫，眼泪差点儿掉下来。她连忙去准备热水，好让贺秋枫洗澡。

贺秋枫洗完澡之后，来到了卧室。他见李学姝还没有睡觉，便关切地问：“你是不是有话要说？”李学姝一边整理被子，一边说：“没什么。太晚了，早点儿睡吧！”

最近，贺秋枫实在是太忙、太累了。他毕竟是五十多岁的人了，体力、精力都大不如前了，所以刚一躺下就睡着了。此时，李学姝翻来覆去地，怎么也睡不着。她嫁给贺秋枫快三十年了，既要照顾老人，又要养育女儿，还要去上班，帮助贺秋枫料理公司里的一些事。为了这个家，她把该做的事情都做了，真不愧是合格的儿媳、称职的妻子、优秀的母亲。唯一让她觉得对不起贺秋枫的，就是没有为他生个儿子，将来好子承父业，让锦宏集团持续兴旺下去。女儿贺冬梅有大学学历，身体很好，人又聪明，但毕竟是个女儿身，胆识和魄力都不能与其父相比。而且，她平时太任性，不免让人担心她由于任性而作出错误的决定，把公司搞垮。如果能找一个学历高、品貌端正又爱她女儿的女婿，她就放心了。刘文浩正好符合她的要求，是她最看好的女婿人选。但是，刘学峰夫妇会同意吗？刘文浩爱她的女儿吗？如果刘文浩不爱她的女儿，那就说什么都没用了。

她不停地想着这些事情，彻夜未眠。天亮了，等贺秋枫吃完早点，她把女儿爱上了刘文浩的事情简要地告诉了贺秋枫。贺秋枫认为这种事不能着急，得慢慢来。他一边穿外套，一边说："不着急！得找个机会让两个年轻人接触一下！"

刘文浩实在是没有想到，他第一次搞宣传活动就得到了广泛的认可。在此之前，他从来都没有独立完成过这么重大的任务。刘文浩的父母看了报纸上的报道和电视上的新闻，感到十分自豪——儿子长大了，能干出一番事业了。刘文浩的父亲刘学峰长期担任领导工作，母亲张怡长期从事医务工作，都是大忙人，很少有时间关心他们的儿子。在刘文浩上幼儿园，读小学、中学的十几年里，常常是已经睡着了，父亲刘学峰还没有回家。第二天早晨，刘文浩上学去了，刘学峰还没有起床。所以，父子俩见面的时间非常少。等到刘文浩上了大学，除了放假期间，很少有机会与父亲见面。刘文浩大学毕业后，在珠源市工作，父子俩见面的机会就更少了。就连刘文浩被调到洛水县工作的这一个月里，也没有好好地和父亲一起坐下来说说话。总之，在儿子成长的过程中，刘学峰没有尽到做父亲的责任。张怡也一样，年轻时当医生，白天上班，晚上值班，忙得团团转，很少有时间陪儿子。当了医院领导以后，她比以前还要忙，根本就没有时间考虑儿子的事情。儿子长大了以后，张怡与丈夫一样，既高兴又惭愧。夫妻二人在内疚、自责之余，下定决心要更多地关心儿子。他们同时意识到，儿子到了恋爱、结婚的年龄，应该关心一下儿子的婚姻大事——帮儿子选一个好媳妇，比帮儿子选一个好工作重要得多。

于是，刘学峰夫妇便要求与刘文浩吃住在一起。刘文浩从珠源调到洛水以后，以“一个人生活，习惯了”为由，拒绝与父母同吃同住。他总是一个人在县委机关的食堂里吃饭，一个人住在县委机关的“周转房”里。这天，张怡打电话给刘文浩，叫他晚上睡觉前回家一趟。晚上九点钟左右，刘文浩来到了父母的住所。

刘文浩的父母住在县委机关大院的“桂园”。“桂园”占地十亩左右，围墙上爬满了藤蔓。过去，这里是县委机关的宿舍。实行“住房商品化”之后，干部们都陆续从这里搬了出去。落实“干部异地交流政策”以来，到洛水县来的县（处）级干部逐渐多了起来。五年前，为了解决异地交流干部的住宿问题，县里把这里的老旧房屋拆除了，建了九栋别墅，专供异地交流的县（处）级干部住宿。一进“桂园”，一个美丽的人工湖便映入了眼帘。湖中“小荷才露尖尖角”，蜻蜓在上面飞来飞去。汽车可以经过环湖的道路，直达每一栋别墅。九栋别墅错落有致，每栋别墅的门前都栽有一棵桃树、两棵桂树。园子里还栽种了不少花草树木，以当地最有名的“金桂”和“四季桂”居多。走在园子里，真有一种心旷神怡的感觉。

刘文浩回到家里，见只有母亲在客厅里，便说了声“妈，我回来了”，然后问：“爸爸呢？”

张怡见儿子准时出现在了家里，十分高兴。她一边叫儿子坐下来吃水果，一边说：“你爸爸什么时候准时回过家？不管他，我们娘儿俩先聊！”

“妈，您就这样长期一个人在家吗？”

“是啊！你爸爸工作忙，你又不和我们在一起生活……”

“哦，这倒是个问题！”

“来吧，搬过来和我们一起住吧！”

“我知道了……过几天，我就搬过来和你们一起住。”

“这就对了！你已经二十七岁了，老大不小了，该结婚了。什么时候把媳妇娶回家呀？”

“等等吧！”

“还等什么呀？我都快退休了，等着抱孙子呢！”

“让我好好考虑一下再说吧！”

刘文浩看了一下手机，对张怡说：“妈，还有别的事吗？时间不早了，您早点儿休息吧！”

听了儿子的话，张怡感到很高兴。儿子长大了、懂事了，她也就没有什么放心不下的了。

刘文浩是个孝子，知道父母的艰辛。父母全身心地投入到工作中去，虽然没有时间照顾他，但是给他树立了榜样。刘文浩从小到大没听见父亲说过一句顶撞爷爷、奶奶的话，所以他长大了以后自然就十分孝敬父母了。

刘文浩知道自己应该加快接近王钰的速度，但是从何处入手呢？最好的办法当然是关心她，在她面前表现出最真诚的爱。但是，像王钰这样聪明的姑娘，应该是“无须表白，自会评判”的。因此，他必须大胆地接近她，用自己的一言一行感动她。可是，他几次去洛源找王钰，都没有找到。

这些日子，王钰正在忙着解决“第二代身份证的照片”问题。按照上级的要求，必须在这个月的月底达标，洛源派出所还差4%。可是，需要照相的人，要么住得很远，要么外出打工未归……她把民警分成五组，每个组负责一定的照相人数。她负责岩上村的照相工作，可是联系村干部未果，打了几次电话都没有把人组织起来。于是，她背上相机和电脑直接去了。在那里，她遇到了一位八十二岁的老人，无论如何都不愿意照相，反复强调自己已经老了，用不着身份证了。王钰从老人的邻居那里了解到，老人从未照过相，很想在死前留下一张照片。她不想照相的真正原因是，她儿子死了，儿媳妇没有再嫁，带着三个娃娃要吃要喝，花不起这二十元的照相钱。了解到这些之后，王钰决定自己掏钱为老人照相。老人知道王钰要免费给自己照相，高兴得流下了眼泪。

过了几天，村委会主任主动打电话来，说把照相的人全都组织好了，让王钰去给群众照相。王钰十分高兴，大清早就出发了。快到中午的时候，她赶到了岩上村。在村公所，一百多人正在等着她照相。她喝了一口村委会主任递过来的茶水，二话没说就开始照相了。两个小时以后，她的工作做完了。她一边往电脑里输入照片和信息，一边让村委会主任帮忙收取办证的费用。一听说要交钱，老百姓们就不答应了，都说自己没有钱。王钰听了他们的话，真是哭笑不得——两天前，她为老人们照相，没有收钱，他们就误认为照相不收钱了。于是，她便放下电脑，站起来向他们宣传与此相关的政策。可是，她无论怎么说，都无济于事。

王钰感到很无奈，但是又必须完成照相的任务。于是，她决定到村子里去看一看。到了村子里，她才发现，村民的房子都十分破旧，生活十分困难。看来，收取照相费用的事情确实是太难办了。她想了想，微笑着说：“看来，今天我得一视同仁了！全都不收费了，大家该高兴了吧！”

村委会主任忙说：“不收费？这两千多块钱的办证费可咋办呀？”

王钰笑了笑，说：“我先垫上吧！”说是垫钱，其实就是她自己掏腰包。大家听了王钰的话，都感动得说不出话来。他们知道，这两千多块钱相当于王副所长一个月的工资，如果都给他们办证用了，王副所长这一个月可怎么生活呀！可是，他们真的很穷，确实出不起这笔钱。于是，沉默了几分钟之后，一百多人异口同声地说：“好人哪，王副所长！”

王钰的眼睛湿润了。她把手抬起来，说了声：“大家回去吧，我要回洛源了！”王钰对村委会主任表示了感谢之后，背上电脑、照相机便离开了村公所。大家目送着她离开，在心里暗暗地感谢着她。她翻过了两座山，便看到了洛源。这时，太阳像是喝醉了酒，红彤彤的，就要下山了。落日的余晖照在起伏的山坡上，杂草、树叶和溪流都被染红了。柔和的夕阳照在王钰的脸上，暖融融的。这条山路，她已经走过几遍了，很熟悉，不用担心跌倒。十五分钟以后，王钰回到了派出所。她简单地洗了洗手和脸，便去找炊事员做面给她吃了。走了这么长的路，消耗了太多的能量，她真的饿了。

炊事员名叫李淑珍，已经五十岁了，家在洛源。她的丈夫死在了地震中。她一个人带着两个孩子（一个在上海念大学，一个在县城里读高中），生活十分艰苦。王钰见她生活困难，便推荐她做了炊事员，专门为派出所的民警做饭。

原来，洛源派出所的食堂是有炊事员的，但是他嫌民警吃饭没有规律，派出所给的工资又少，便辞职不干了。王钰来到这个派出所之后，对办好食堂很重视，想了很多办法。

李淑珍很快就把面条煮好了，见王钰边走边吃，连忙提醒道："慢点儿吃，别烫着！"王钰一边吃，一边和李淑珍说话："李婶儿，你吃了吗？"

李淑珍看着王钰狼吞虎咽的样子，疼爱地说："我吃过了。你慢慢吃，不够的话，我再给你煮！"王钰喝了一口面汤，笑着说："太好吃了！李婶儿，再给我煮半碗吧！"

李淑珍一边煮面条，一边对王钰说："我差点儿忘了，这几天有个人来找你好几回了。"

王钰放下碗，有些惊奇地问："谁呀？有什么事找我？"

李淑珍把煮好的面条放到桌上，看着王钰的眼睛说："姑娘，这个人就是那个来采访过你的记者，人长得很帅。他没说来找你干什么……看样子，他是喜欢上你了。"

王钰的脸一下子就红了。她连忙摆了摆手，说道："这不可能！"

李淑珍说："我看哪，人家可是诚心诚意地来找你，你可不要不在意呀！"

王钰不好意思地低下了头。

离晚宴开始还有十分钟左右的时候，刘学峰夫妇、孔志开县长、陈忠部长，以及县委办公室主任卢玉儒夫妇的车几乎同时到达了锦宏大酒店。贺秋枫夫妇和女儿贺冬梅站在酒店门口，一脸笑容地欢迎着各位贵客。

天还没有黑，大厅里所有的灯就都亮起来了。酒店的大厅金碧辉煌，显得格外气派。大堂经理和前台的服务员各就各位，脸上的笑容保持不变。琴台上，琴师正在弹奏轻柔的乐曲。贺秋枫夫妇与客人们亲切地交谈着，缓步走上了铺着地毯的楼梯，走进了宴会厅。这是专门用来招待贵宾的豪华餐厅，装修得华丽而又典雅。

贺冬梅穿着超短裙，化了妆，像个马上就要上台表演的演员。她在大厅里踱着步，等待着刘文浩的到来。可是，她等了很久，却始终没有见到刘文浩的身影。于是，她显得有些焦躁不安。一名服务员来到她面前，恭敬地俯下身去，微笑着说："助理，宴会马上就要开始了，贺总让你到宴会厅去。"贺冬梅看了一眼手表，脸上露出了不愉快的表情。

就在贺冬梅走进宴会厅的时候，刘文浩大步流星地走进酒店，来到了宴会厅。刚一走进宴会厅的大门，他就连声说："对不起，我迟到了！"

坐在紧靠大门的位置上的李学姝伸出手来拉住刘文浩，高兴地说："不晚，正好！"

贺冬梅笑盈盈地看着刘文浩，把手里端着的酒杯递给了他。刘文浩与各位长辈一一碰杯后，一饮而尽，然后坐在了母亲张怡和李学姝之间的座位上。

宴会厅里，大家推杯换盏，十分热闹。孔县长站起身来，高举酒杯，大声说道："书记，我敬你们全家一杯！书记老骥伏枥、德高望重，嫂夫人内外兼修、温婉贤惠，贵公子才学过人、出类拔萃……能与书记共事，我真是三生有幸！我先干为敬了！"

刘学峰缓缓地站起身来，把酒杯举到胸前，微笑着说道："县长年富力强、有胆有识，能跟你做搭档，我感到十分荣幸！来吧，文浩，咱们共同敬县长一杯！"

陈部长也附和道：“书记情满洛水，让人感佩！文浩气度不凡、文采出众，真是前途无量啊！”

李学姝不断地给刘文浩夹菜，大闸蟹、鹅肝、虫草蒸肉……她拿起刘文浩面前的碗，盛了一碗天麻炖鸡，然后笑着说：“文浩，你多吃点儿！你们写文章的人，多吃点儿天麻补补脑！”刘文浩受宠若惊，显得有些不自在。

贺秋枫先给刘学峰斟满了酒，然后笑着站起来说：“刚才给各位领导敬了酒，现在我要再敬书记一杯！书记在洛水县待了五年，支持和帮助了锦宏集团五年。锦宏集团能发展到今天，书记功不可没。刘公子初出茅庐就非同凡响，真是将门出虎子啊！我代表全家敬您一杯！”

刘学峰见贺秋枫这么豪爽，便也端起了酒杯，情绪激动地说：“锦宏集团是洛水县的龙头企业。贺总作为锦宏集团的总裁，是业界的精英。我代表全家敬您一杯！”

贺冬梅走到刘文浩身后，声音有些颤抖地说：“刘主任，我敬你！”

刘文浩转过身来，微笑着说：“叫我刘文浩就行了！”

李学姝忙说：“文浩比冬梅大一点儿，就叫他文浩哥吧！”

贺冬梅不好意思地说：“文浩哥！前几天，你来锦宏集团，我失礼了。今天给你赔个不是！”说完，她一口气喝完了杯中酒。

刘文浩轻轻地摇了摇头，把酒喝了。没想到，他刚把酒喝下去，就被呛着了，咳嗽了几声。坐在李学姝旁边的县妇联副主任赵静连忙扯了几张餐巾纸，递给了刘文浩：“年轻人初次见面，难免会有些难为情，以后就好了！”

刘文浩喝了一口茶水，止住了咳嗽。他原本是不想来的，在妈妈的多次催促和提醒下，才勉强来赴宴了。他故意迟到了一小会儿，就是想在这儿少待一会儿。另外，他猜到了，贺冬梅的家人有可能是有意安排他与贺冬梅在宴会上接触，所以就更加不情愿在这里多待了。此时，他想到了王钰。她是不是还在加班加点地工作呢？她吃饭了吗？于是，他坐不住了，站起身来举起酒杯：“各位长辈，我敬大家一杯！祝你们福寿安康！你们随意，我干了！”他慢慢地把酒喝干，然后放下酒杯，用餐巾纸抹了一下嘴，拱了拱手，说：“失礼了，各位长辈！有一篇稿子需要修改一下，我先告辞了！”

张怡见李学姝有些不高兴，忙抓住刘文浩的手，责备地说：“再忙也不能耽误吃饭呀！等大家都吃好了，咱们一起走！”刘文浩看了一眼父亲，只好坐了下来。

第二天下午，县委办公室的同志们便同组织部、宣传部的同志们共同筹备“七一”的庆祝活动了。刘文浩代表宣传部参加会议，领到了一项任务——草拟县委领导的“七一讲话稿”。会议期间，县委组织部的组织科科长通报了一条信息：市委组织部即将委托市委党校举办一期青年干部培训班，为期三十天，“七一”以后开班。洛水县一共有五个受训名额，要求参加培训的党政机关干部年龄不超过三十岁。其中，女干部不少于两名。因为女干部的人选很难确定，所以县委组织部决定先由各单位推荐。

刘文浩觉得，这真是天赐良机！他心里一阵狂喜，差点儿喊出声来。他连夜赶写了一篇讲话稿，凌晨三点钟左右才打印好了，放到了办公桌上。他在办公室的沙发上和衣而睡，天一亮就赶往洛源镇了。

他想马上把青年干部培训班的消息告诉王钰，好让她也争取参加培训班。如果王钰知道他要参加培训班，还能主动去培训，就说明她对他有好感，愿意进一步接触。只要能与她接触，就好办了。

在王钰的办公室里，刘文浩见到了王钰。王钰刚吃过早点，精神抖擞，情绪非常好。面对刘文浩这突如其来的造访，她感到十分惊讶。王钰先打破了僵局，友好地请刘文浩坐下，给刘文浩沏了杯热茶。然后，她红着脸问："刘主任，一大早到派出所来，有什么要紧事吗？"

刘文浩也红着脸，支吾着："没……没什么，就是有个好消息要告诉你。"

王钰关切地问："什么好消息？"

刘文浩把市委组织部委托市委党校办青年干部培训班的消息告诉了王钰，并说："只要你参加培训，我就去找陈部长，也要求去参加培训。"

王钰犹豫了一下，含蓄地说："这可不是一厢情愿的事啊！"

刘文浩听明白了，也含蓄地说："只要心甘情愿、主动争取，就一定能成。"

王钰的心跳开始加速，她快速地思考着。她明白，这是刘文浩大胆而主动地抛给了她一个橄榄枝。她搓揉着双手，脸更红了。最后，她抿着嘴轻轻地说："那我先去县公安局报名吧——争取一下！"

刘文浩高兴地说："我要的就是你这句话！我在朝阳等你！"说完，他与王钰道了别，便迈着欢快的步子离开了洛源派出所的院子。王钰站在窗旁，目送着刘文浩渐渐远去。

早上六点钟，王钰走出了朝阳火车站。坐了大半夜的火车，她的脑袋里嗡嗡直响。火车道大部分建在桥梁上和隧道里，噪音很大，坐在火车里很难入睡。从洛源到朝阳，二百多公里的路程，她几乎没有合眼，头有些晕。她走出火车站，看着熙熙攘攘的人群，一时找不到公交车站。凭着警察敏锐的直觉，她果断地向着西南方向走去。

王钰步行了二百多米之后，上了公交车。透过车窗，她远远地看到了初升的太阳那柔美的光芒照耀着一眼望不到边的苹果树林，远处的楼房渐渐地清晰起来。她以前到过一次朝阳，可是住了一夜就走了，有很多地方没有去过。可以说，她对朝阳的了解，只是在报刊、电视上。眼见为实！她坐在公交车上，一路走，一路看。半个小时以后，公交车到达了市区。市区在“朝阳坝子”的中部，她终于知道“朝阳坝子”有多大了。“朝阳坝子”是横断山区较大的坝子，东西长八十余公里，南北长四十余公里。由于缺水，这里十年九旱。五年前，这里修建了一座大型水库，成了鱼米之乡。因为有了充足的水源，所以久负盛名的朝阳苹果得以大面积种植，成了朝阳的一大经济支柱。

市委党校建在金钟山脚下，离市区有十五公里。下了公交车，王钰见时间尚早，便准备先到车站附近的小吃店去吃早点，然后再去报到。“油糕稀豆粉”是朝阳有名的小吃。王钰吃了一份“油糕稀豆粉”，还想吃，便转身叫服务员。这时，刘文浩走进了小吃店，东张西望地，像是在找什么人。刘文浩看见了王钰，四目相对，真是满心欢喜。刘文浩快速地走过去，坐在了王钰的对面。他问王钰：“你是什么时候到的?”没等王钰回答，他又说：“我到火车站去了，没见着你，才来公交车站找你……我还以为你坐出租车走了呢!”

王钰感动地问刘文浩：“你是什么时候到的?”刘文浩说，他是前一天下午到的。他向朋友借了一辆汽车，天还没亮就开车到火车站接站了，没想到扑了个空。

“你怎么不打我的手机呢?”

“我是想给你个惊喜呀!”

王钰被刘文浩的一片真诚打动了，微笑着看着刘文浩。

刘文浩陪王钰吃过早点之后，便开车送王钰去报到了。坐在车上的时间只有十几分钟，两个人没有多说什么，各自想着心事。下了车，刘文浩帮王钰提着行李，办理了入住手续。王钰见刘文浩如此体贴入微，心里十分感激，连忙说：“谢谢！谢谢你，文浩!”

刘文浩笑着说：“没什么，互相关心嘛!”

把王钰安顿好了之后，刘文浩便回到了自己的宿舍。

金钟山高耸入云，是本地最高的山。相传，两三千年前，“朝阳坝子”的周围山高林密、水肥草美、物种繁多，人们的生活十分富足。这样一个风水宝地，被九条恶龙看好了。于是，它们便盘踞于山中，不时地潜入坝子作恶，闹得人们不得安生。善良的人们无力抗争，只有祈祷上天保佑了。玉皇大帝听见有人哭诉，便派神仙下凡去降伏九龙。神仙下凡，到了“朝阳坝子”，就地取材，将当地盛产的洋芋、豌豆、苦荞制成了“油糕稀豆粉”，想引诱贪婪的恶龙上钩。“油糕稀豆粉”纯香可口，吸引了周围的百姓前来品尝。一天，九龙闻香而来，装扮成九个乡民，坐在小吃店里吃“油糕稀豆粉”。神仙佯装不知，在九龙低头吃食的时候，把手里的草帽甩出，盖住了九龙。草帽越来越大，越来越高，变成了一座赤色的大山，像金钟一样重重地将九龙压在了下面，再也不能动弹。从此以后，“朝阳坝子”便恢复了往日的安宁。为了纪念降伏九龙的神仙，人们把压住九龙的山取名为“金钟山”，并将制作“油糕稀豆粉”的手艺流传了下来，让子孙后代永远铭记神仙的恩德。

金钟山的山脚下满是花草和野果，山腰和山顶上有不少苍松翠柏。山前有一深潭，名曰“龙潭”，面积有十亩左右，深三米。水从金钟山底下冒出来，富含多种矿物质，是“朝阳坝子”人畜饮水的主要来源。近些年来，由于市区人口剧增，用水量大，龙潭水已经无法满足人畜饮水的需要了。后来，政府修建了太丰水库，解决了“朝阳坝子”的生产、生活用水问题。同时，朝阳市委决定，把位于闹市区的市委党校迁至金钟山脚下的龙潭边。这里远离市区，环境优雅，比较适合学习。有人说，金钟山形如官帽，所以这里最适合培训官员。

最近几年，随着经济的发展，新理念、新知识、新政策和新要求很多，如果不及时学习和掌握，就无法适应这种新的变化。

青年干部培训班的学员还是“菜鸟”、“雏鹰”，除了少数几个有“悟性”的与“校友”拉关系以外，其余的都能努力学习，为以后的工作做准备。这一期青年干部培训班共有六十名学员，都是来自朝阳的党政机关的青年才俊，个个意气风发，都想借此机会提高能力、增长见识。最初的几天，大家都在了解学习内容和教学要求、适应学校的作息时间和纪律规定。

王钰坐在教室里第二排靠左的位置。从走进教室，到坐下来听课，她一直感觉有无数双眼睛在看她。在食堂里，她也会引来许多男学员的目光。在散步的时候，男学员碰见她，都会放慢脚步，多看她几眼。王钰上课听讲十分专心，不时地做着记录，根本就无暇顾及这些男同学。在食堂里，她一吃完饭，马上就走，连头都不回。

见男学员们如此关注王钰，刘文浩有些紧张。他害怕有人把王钰抢走，因为那些男学员个个五官端正、气度非凡，都是他的竞争对手。

强健、热情、睿智，还有与生俱来的气质，使得刘文浩的名字成了女学员心目中“高大上”的代名词。刘文浩生怕自己的言行有什么不当，引起王钰的误解，因为他知道王钰也在不时地盯着他看。

王钰和刘文浩都在克制着自己的言行。下课以后，王钰会约几个女学员一起去吃饭、散步、上自习，而刘文浩也会和几个男学员在一起活动。可是，没过多久，就有几个男学员多次明里暗里地想与王钰单独出去吃饭或者散步，都被王钰婉言拒绝了。几个未婚的女学员主动约刘文浩，也被刘文浩礼貌地推辞了。

市委党校每天都会组织一场舞会，时间是晚上八点半至十点，地点是学校的礼堂。每天晚上，他们都会安排培训班的学员和老师参加舞会。舞厅装修得比较华丽，设备也是一流的，糖果、糕点免费供应，只有酒水需要到吧台自费购买。星期六，王钰和刘文浩按时来到了舞厅，这让男学员和女学员们都喜出望外。

王钰穿着紫红色的无袖旗袍，肌肤白皙，曲线优美，显得十分漂亮，吸引了许多男老师和男学员与她共舞。几乎每一次舞曲响起，都会有人主动邀请王钰跳舞。交谊舞、拉丁舞、迪斯科……她几乎每一种舞都会跳。她在警官学院读书时，是舞蹈队的主力队员，什么舞都学过，只是参加工作以后没有机会跳舞罢了。

刘文浩身材高挑，身穿黑色裤子、白色衬衣，尽显简约大气。他不时地邀请女教师和女学员一起跳舞，有的女学员还主动与他共舞。

舞曲有的比较欢快，有的比较悠扬。舞池里的人各显其能，舞步千姿百态。有的男伴把女伴揽在胸前；有的女伴将男伴推开，让男伴远离自己；有的男伴躬着身子，把头伏在女伴的耳畔；有的女伴上身前倾，把头倚在男伴的肩头。他们有的喋喋不休，有的少言寡语；有的窃窃私语，有的高声大气。王钰一边跳舞，一边观察，判断着每个人的心理。俗话说“酒品如人品”，其实“舞品亦如人品”。对于那些“舞品”不好的人，她会婉言谢绝。

不知不觉中，舞会已经过半了。在下一支舞曲即将开始的时候，刘文浩抢在其他男老师和男学员前面，微笑着请王钰跳舞。王钰终于舒了一口气，微笑着站起来，与刘文浩一起走进了舞池。刘文浩把右手轻轻地搭在王钰的腰间，左手轻抬着王钰的手腕，优雅地跳起舞来。两个人舞步大小适中，舞姿如行云流水，优美、舒畅、自然、潇洒。舞曲尚未结束，大家便停了下来。最后，舞池里只剩下王钰和刘文浩了。下一支舞曲开始了，刘文浩邀请王钰再跳一支舞，王钰欣然同意了。两个人忘情地跳着，没有人打扰他们。大家都坐在座位上，欣赏着他们的精彩表演。

舞会就像是一场发布会，公布了刘文浩和王钰之间的爱情。他们就像磁铁南北两极相吸一样，相互吸引着，双双坠入了爱河。

第二天是星期天，不上课，学员们自由活动。刘文浩用手机发短信给王钰，想和她一起进城去。王钰答应了，并且和他约好了出发的时间。党校在郊区，离市区较远。这里没有公交车，也没有出租车，学员们进城只能坐校车。周一至周五，每天都会发一次班车，周六和周日早、中、晚各发一次班车。考虑到白天街上太热，王钰和刘文浩选择了下午五点钟进城的校车。

盛夏，酷暑难当，虽然已经是傍晚时分了，但是气温依然很高。刘文浩和王钰下了车，便走进了一个冷饮店，去吃冰棍。然后，他们就到沃尔玛超市去选购学习用品和日常用品了。他们离开沃尔玛超市的时候，天已经完全黑了，天气凉爽了许多。他们迎着轻轻吹来的凉风，来到了一家名为“夏之夜”的餐厅。他们早就饿了，赶紧点了几样可口的菜，边吃边聊。他们聊了很长时间，直到服务员提醒，才结了账，走到了大街上。

这时，早已过了校车返校的时间。他们在大街上走着，想打一辆出租车。由于党校在郊外，所以出租车司机们都不愿意去。于是，两个人商量了一下，决定付给司机师傅双倍的费用，但还是打不到车。于是，两个人便漫无目的地在大街上走着，在不知不觉中走入了一条偏僻的小巷。这里灯光幽暗、行人稀少，刘文浩不禁拉住王钰的手，把她揽入了怀中。此时，刘文浩感到一股热流涌上了心头。他心跳加速，在冲动之下亲吻了一下王钰的脸颊。王钰大声喊道：“你想干什么？快放开手！”

王钰挣脱了刘文浩的手，跑着离开了刘文浩。看着王钰的背影，刘文浩幡然醒悟，知道自己伤害了王钰。他想向王钰道歉，但是没追多远，便在拐角处给绊住了。他“哎哟”了一声，扶着电线杆，差点儿摔倒。

听到刘文浩的叫声，王钰赶紧往回跑。这时，有人正粗声大气地训斥刘文浩：“光天化日之下，胆敢欺负妇女！”紧接着，有五六个人把刘文浩团团围住，其中一个人打了刘文浩一记耳光。

王钰见状，大声说道："你们误会了，我们是朋友！"

几个人都把目光转移到了王钰身上。离王钰最近的一个人狞笑着说："大哥，这个姑娘长得太好看了！"

一个膀大腰圆的家伙走过来，怪笑着说："这么好看的姑娘，咋会和流氓交朋友？跟我们做朋友吧！"于是，这几个人围了上来，企图把王钰拉到深巷中去。

他们穿着T恤衫，露出了手臂上的文身。一看便知，这是一帮混混儿。刘文浩并没有被他们吓倒，他冲了过去，试图拉开抓住王钰的那个人。

这几个混混儿放开王钰，朝着刘文浩劈头盖脸地一阵乱打。刘文浩在避让时，左小腿被电线杆下面的硬物划了长长的一道口子，鲜血直流。

王钰想去搀扶刘文浩，被几个混混儿拉开了。她十分愤怒，一个扫堂腿，将其中的三个人踢倒了。王钰刚要站起来，没被她撂倒的那两个人便冲了过来。当他们快要靠近王钰时，王钰后退了一步。于是，这两个混混儿猛地撞到了一起，一个门牙被撞掉了三颗，一个眉骨被撞裂了。两个人倒在地上，抱着头哭爹叫娘。倒在地上的那三个人自知不是王钰的对手，爬起来就跑。

这时，接到报案的民警赶到了现场，把那三个没受伤的混混儿和王钰都带到了派出所。不一会儿，两名警察便将受伤的两名混混儿和刘文浩送上了随后赶来的"120"急救车。

王钰向派出所的民警简要地说明了情况，并出示了警官证。很快，王钰便被一辆警车送到医院去照顾刘文浩了。

这时，时针已经指向了夜里十二点。刘文浩的伤不是很重，不必住院。处理好伤口之后，王钰扶着刘文浩坐在了医院门诊大厅的座椅上。

“我们该怎么办？这么晚了，没有出租车了，你又不能走路……不行就在附近找一家旅馆住下来吧！”

“你要是不介意，就去我父母在市中心的宿舍吧，我有钥匙！”刘文浩试探着对王钰说。

王钰想了想，觉得这样也好——刘文浩受了伤，上不了课了，每天都要去医院换药，住在他家方便些。于是，她便到医院门口去叫了一辆人力三轮车，和刘文浩一起来到了顺城街二十八号的“雅苑一号”。

在小区门口，王钰和刘文浩被保安挡住，盘查了一番。刘文浩反复强调自己的父母就住在这个小区，但是保安不相信。小区的保安经常换，再加上刘文浩没来过几回，所以保安根本就不认识他。不得已，王钰亮出了警官证，保安这才充满了歉意地说：“对不起……最近小偷实在是太猖獗了。就在几天前，三个小偷冒充住户，连续偷盗了好几位领导家的财物。”

作为警察，王钰听到老百姓说小偷太猖獗了，心里很不好受。于是，她对保安说：“没关系。”

王钰搀扶着刘文浩走了三百多米，才走到刘文浩的父母家。刘文浩的父母住在五楼，没有电梯，刘文浩受伤的脚又不能着地，所以他几乎是被王钰驼上楼的，累得王钰满头大汗。

打开门之后，王钰扶着刘文浩坐到了客厅的沙发上。她打开灯，欣赏起刘文浩父母的家来。这套单元房是“四室、两厅、一厨、两卫”的，有一百六十平方米左右。房间收拾得十分整洁，只是长时间没有人住，有一点儿发霉的味道。

王钰歇了一会儿，便到厨房去烧水了，好让刘文浩洗一洗再睡。王钰把脸盆端到刘文浩面前，要帮他洗脸，刘文浩感到有些不好意思。王钰笑了笑，说："客气什么，你这不是受伤了嘛！"说完，她把毛巾拧干，递给了刘文浩。

洗漱完毕，刘文浩住在自己的房间里，王钰则住在客房里。第二天，天刚亮，王钰就跑到街上去买早点了。吃完早点，王钰对刘文浩说："文浩，你看你这伤，一时半会儿也好不了……是不是应该给学校打个电话，请个假？"

刘文浩点了点头，拿起手机，给党校的办公室打了个电话。接电话的是办公室主任吴仕才。刘文浩说明了情况，并向吴主任请了十天假，也为王钰请了半天假。请完假，刘文浩便催王钰去上课了。可是，王钰却说："我去上课了，谁来照顾你？"

刘文浩说："我自己想办法吧！"

沉默了一会儿，王钰说："依我看，要么我请假照顾你……要么打电话给你妈妈，让她来照顾你。"

刘文浩为难地说："都不行！我还是自己想办法照顾自己吧。过两天，消了炎，我就能走路了。"

王钰坚决地说："不行！一旦伤口再损伤或者感染，问题可就大了。这样吧，我每天下午都过来陪你到医院去换药，然后买菜、做饭——反正学校下午也没有课程安排。"

刘文浩妥协了。

就这样，王钰连续几天上午上课，下午来陪刘文浩去换药。王钰做好了饭，两个人一起吃。吃完了饭，王钰又把第二天中午的饭做好了才离开。她还买了牛奶、蛋糕、面包，放在冰箱里，给刘文浩当早点。晚上，她总是陪刘文浩聊天，累了就睡在客房里。王钰天不亮就起床，简单地洗漱之后，就下楼打出租车去学校了。

上午，刘文浩一个人在家，看一看王钰带来的学习材料，再看一看王钰从书店买来的小说，感觉很充实。

晚上，刘文浩最想和王钰聊天了。几天来，他们聊了很多话题，有政治、经济、军事方面的，也有社会、法律、治安方面的。当然，他们也聊过爱情。在彼此真诚的谈话中，他们的感情在渐渐地升温。

这天晚上，刘文浩把写给王钰的诗《怕你会随风而飞》念了出来：

你的妩媚把我的梦揉碎/魂不守舍　心不想睡/怕你会随风而飞/朝朝暮暮紧相随

我已被爱的潮水包围/无路可退　别无选择/怕你一去不再回/急不可待地表白

相信爱的帆船顺风顺水/一见钟情　一生无悔/怕你说没有准备/我早已打开了心扉

王钰被刘文浩对自己的一片痴情感动了，差点儿掉下眼泪。

刘文浩心想，要是能把这首诗谱上曲子就更好了，听起来会更动人。他想让王钰早一点儿听到这首歌，于是便迫不及待地去找作曲家谱曲了。然后，他还得找人配乐、演唱、录音。他在网上联系了一位音乐制作人，用银行卡支付了三千块钱的制作费。

就在伤口痊愈的那天晚上，刘文浩收到了音乐制作人发来的邮件。王钰刚洗好碗、拖完地，刘文浩就打开了邮件。他让王钰戴上耳机，仔细地听一听那优美动人的旋律。歌曲实在是太感人了，王钰忍不住跟着哼唱起来。刘文浩找来自己写的诗，对照着唱了起来。他们把这首歌唱了一遍又一遍，唱得很投入、很忘情。

唱累了，王钰觉得很热。刘文浩走到窗边，发现天空中乌云密布，快要下雨了。王钰这才明白，自己感觉到热，是因为太激动了，也是因为天要下雨了。她想趁雨还没有下，赶紧冲个凉，好去睡觉。

在王钰洗澡的时候，刘文浩又听了几遍《怕你会随风而飞》。他一边听，一边回想着跟王钰在一起的那些日子。王钰是那么美丽、聪明、勤奋，又是那么善解人意、体贴入微……他觉得自己遇到了王钰，简直是太幸运了……

就在刘文浩想入非非的时候，王钰洗完了澡，吹干了头发，穿着浴袍从卫生间里出来了。看见王钰那蓬松、柔顺的头发和红润的脸庞，刘文浩差点儿叫出声来——简直是出水芙蓉，太美了！刘文浩走过去，伸出手来，把王钰搂在了怀里。这时，一道闪电划过天空，紧接着响起了一声惊雷，大雨哗哗地下了起来。王钰不知道是被刘文浩的举动吓着了，还是被雷电吓着了，依偎在刘文浩的怀里，一动也不动。

刘文浩轻轻地吻了一下她。王钰闭上眼睛，任刘文浩吻着自己。当刘文浩那滚烫的嘴唇吻在她的嘴唇上时，她已不再紧张了。但是，当刘文浩用颤抖的手去解她的浴袍时，她一下子把他推开了，严厉地说："不行！"

刘文浩傻傻地看着王钰，不知道该说什么好。王钰瞪了刘文浩一眼，转身走进了卧室。

刘文浩大脑里一片空白，呆呆地坐在沙发上。他一连喝了两大杯水，喘着粗气，打开了电脑播放器，想再听一遍《怕你会随风而飞》。他责怪自己太鲁莽，破坏了气氛。

王钰倚靠在门上，两眼微闭，有些害羞，又有些慌乱。澎湃的激情、狂乱的心跳……这是她渴望的，却又是她担心的。再向前半步，恐怕就……

王钰想起了自己初恋时的情景。那是在警官学院读书的时候，虽然学校规定不准谈恋爱，但是同学们仍然按捺不住，偷偷地追逐着恋情。警校里男生多、女生少，所以女生们便成了“香饽饽”。有不少男同学向王钰示爱，都被她婉言拒绝了。她记得母亲说过：“学生谈恋爱，最不靠谱，因为将来何去何从，是个未知数……”大学四年级的最后一个学期，她在普宁市公安局实习期间，认识了中国人民公安大学毕业的舒潼。初次见面，王钰就像触电了一般，被舒潼的气质深深地吸引了。一个月后，两个人便开始热恋了。

可是，实习期快要结束的时候，舒潼突然消失了。一直到王钰回到洛水县工作了半年之后，她才得知，由于工作需要，舒潼去了境外。王钰的父母得知这一情况之后，断然决定让王钰忘掉这段感情，重新找一个对象。

眼前的刘文浩多像舒潼啊！不能错失良机！于是，半个小时以后，王钰把门打开，走了出来。刘文浩连忙给她倒了一杯冰水，充满愧疚地轻声说：“不好意思！”

王钰害羞地说：“是我没有把持住！”

刘文浩如释重负，往王钰的杯子里倒了些水，轻声说：“你不是谈过恋爱吗？”

“讨厌！”王钰嗔怪道。

“那我该怎么办？”

王钰羞红了脸，看了刘文浩一眼，转身朝卧室走去。她边走边说：“我不会让你轻易得逞的！文浩，我知道你喜欢我……我也喜欢你。我要你明媒正娶！”

第二天一大早，王钰和刘文浩在上课之前赶到了党校。刘文浩一进教室，班长便对他说：“文浩，身体恢复了？好得可真快呀！党校办公室的吴主任让你去见他呢！”

刘文浩的脸一下子就红了，头上冒出了虚汗。他迟疑了一下，便走出教室，向党校的行政大楼走去。教室与行政大楼之间有一段距离，这让他有了调整情绪的时间。路上，他一直在想着吴主任到底找他有什么事。难道说，吴主任已经知道了他与王钰之间的事？党校的领导不会干涉他和王钰谈恋爱吧！

他走到吴主任的办公室门前，犹豫了一下才推门走了进去。让刘文浩感到意外的是，一向不苟言笑的吴主任见到他以后立即站起身来，笑容可掬地说：“来来来，快请坐！你是刘文浩吧！你的伤好了吗？”刘文浩马上紧张起来，担心吴主任追问他受伤的过程和治疗的情况，把王钰给牵扯进来：“已经好了！谢谢吴主任的关心！”

“好了就好！”吴主任让刘文浩坐下，没有再追问什么。刘文浩这才松了一口气。吴主任要去给刘文浩倒水，刘文浩忙说：“吴主任，您别客气，我自己来！”刘文浩先给吴主任倒了一杯水，然后给自己也倒了一杯水。他见吴主任如此客气，心里更加忐忑不安了。吴主任让刘文浩坐下，然后笑着说：“是这样……市委党校的旧址在市中心，占地三十余亩，是一块理想的商业用地。新党校启用之后，市委、市政府要求我们招商引资，把旧址改造成酒店，用收益补上新党校的经费缺口。前些日子，有几家民营公司来谈合作开发的事，都被学校领导以公司规模小、缺乏经验为由拒绝了。我知道，你和锦宏集团的关系不错。能不能请你帮忙引荐一下，让我们和他们公司的上层接触一下呢？”

原来是这样！听了吴主任的这番话，刘文浩才彻底放心了。刘文浩连想都没想，就掏出手机给贺秋枫打了个电话。

贺秋枫听刘文浩说是让他与市委党校合作开发酒店，马上就答应了。

吴主任十分感激，握住刘文浩的手，一直把他送到了教室门口。学员们见状，都十分惊讶，不知道到底发生了什么事情。

一个星期以后，也就是王钰和刘文浩结束党校学习的前一天，在市委党校举行了锦宏集团和朝阳市委党校开发党校旧址的合作协议签字仪式。市委党校和锦宏集团想邀请刘文浩作为特邀嘉宾参加签字仪式，可是贺冬梅给刘文浩打了好几次电话，都没有请动刘文浩。签字仪式结束后，锦宏集团在市委党校旁边的“聚贤山庄”设宴招待与会领导和嘉宾。贺秋枫和贺冬梅父女俩到宿舍去邀请刘文浩参加晚宴，市委党校的吴主任也和他们一起劝说，这才请动了刘文浩。

市委党校建成后，朝阳市委、市政府准备引资开发金钟山的旅游资源。于是，就有许多“有眼光”的人打起了这里的主意，在党校周边建起了旅馆、餐厅和商店。“聚贤山庄”就是吴主任的小姨夫开办的，是集休闲、娱乐、餐饮为一体的高档场所。刘文浩在市委党校培训了快一个月，都没有去过“聚贤山庄”。于是，他提前十分钟来到山庄，四处看了看，感觉这里真是“高端、大气、上档次”。

参加宴会的人当中，除了贺冬梅以外，刘文浩的资历最浅、年龄最小，所以他恭恭敬敬地坐在座位上。服务员给他夹什么菜，他就吃什么菜，也不去给领导敬酒。贺冬梅倒是挺活跃，不断地给领导和嘉宾们敬酒，显得十分活泼、大方。

贺冬梅见刘文浩有些少言寡语、郁郁寡欢，便走到他身后，给他敬酒：“文浩哥，你不胜酒力，就多吃点儿菜吧！

来，为我们的相识、合作干一杯！你随意，我干了！”

刘文浩淡淡地笑了笑，把酒杯里剩下的酒都喝了。贺秋枫显然对刘文浩的表现不太满意，大声说道：“各位，我忘了给大家介绍！这位是县委刘书记的公子——刘文浩，正在市委党校培训。我们锦宏集团与党校的合作就是他促成的。为了感谢他，锦宏集团决定送给他一辆汽车。”

刘文浩对此并不知情，所以感到十分突然。他坐在座位上，不停地摆手，十分坚决地说：“我并没有做什么，我不要！”话音未落，赞许声和鼓掌声便响了起来。刘文浩有些不知所措，不知道这些赞许声和鼓掌声是给贺秋枫的，还是给他的。

贺冬梅见状，忙说：“文浩哥，你别想得太多！我爸也给我买了一辆汽车，就停在楼下的停车场。这是车钥匙！吃完了饭，你把车开走就是了。”

此时，刘文浩仍然没有回过神儿来，没有听清楚贺冬梅说的话。贺冬梅把车钥匙和行驶证放到了他的公文包里，他根本就没有察觉。直到两个小时之后，贺冬梅打电话叫他去取车的时候，他才发现，行驶证上写的是他的名字。

刘文浩完全糊涂了，不知道该如何处理这件事情。他把这件事情从头到尾全都告诉了王钰，想让王钰帮他拿主意。王钰问刘文浩：“你有什么想法？”

“君子爱财，取之有道。我没有帮锦宏集团做什么，不应该收这么重的礼。帮锦宏集团写通讯稿，是我分内的事。帮助他们联系开发党校旧址的事，我也只是打了个电话。如果想鼓励我，他们不需要用这种方式。”

王钰觉得刘文浩说的是对的——贺家父女这样做，一定是另有所图。她在县公安局治安大队工作的时候，对锦宏集团的情况有所了解，与领导干部及其亲属拉拉扯扯是他们常用的手段。于是，她建议刘文浩注意他们的后续行动。当然，王钰没有想到，贺秋枫和贺冬梅目前最需要的是获得刘文浩的父母及刘文浩本人的好感，促成刘文浩和贺冬梅的婚事。刘文浩意识到了这一点，但他没有对王钰说。王钰虽然是警察，但是她同其他恋爱中的女人一样，有点儿傻。

回到洛水，刘文浩把贺秋枫、贺冬梅他们父女俩送给他汽车的事情一五一十地告诉了自己的父母，并谈了自己的看法。刘学峰和张怡听完了儿子的话，只是相视一笑——他们知道贺家父女送车的目的是什么！

十几天前，县委办公室卢主任的媳妇——县妇联副主任赵静以咨询为借口到县医院去找了一趟张怡。张怡是妇科医生出身，从医学的角度给了赵静一些建议。谈完了病情，赵静便顺势说起了李学姝让她撮合贺冬梅和刘文浩的事来。她觉得，刘、贺两家的家庭条件差不多，可以说是门当户对。李学姝主动提亲，说明贺冬梅和她父亲已经同意了，现在就看刘书记这边的态度了。

晚饭后，张怡在和刘学峰散步的时候，把赵静去医院找她的事情告诉了刘学峰。刘学峰沉默了好一阵子，才说了一句：“等儿子回来再说吧！”

张怡有些着急地说：“我们应该有个态度啊！”

“婚姻自由，让儿子自己选择吧！”

“文浩已经不小了，也该找个对象了。贺家的情况，你是熟悉的。这么好的机会，要是错过了，实在是可惜。”

“男女之间的感情问题很复杂，不能光看家庭条件。还是等儿子回来以后再说吧！”

刘文浩回到家里，听父母说了提亲的事情，便直截了当地说："我不喜欢贺冬梅！"

听了儿子的话，刘学峰夫妇有些惊讶。张怡问刘文浩："贺冬梅有什么不好的，让你这么不喜欢？"

刘文浩："不喜欢就是不喜欢……"

张怡："说得具体点儿！"

刘文浩："我到锦宏集团去联系采访的事情时，亲耳听见贺冬梅说，锦宏集团不是慈善机构，济贫救困的事情少找他们。济贫救困是善举，贺冬梅不愿意，说明她没有善心。"

张怡："还有吗？"

刘文浩："还有，我看不惯她涂脂抹粉，臭显摆……"

张怡："女孩子爱美，是无可厚非的。如果只有这些，我看也没什么嘛！"

刘文浩："贺家现在就送汽车给我，肯定是没安好心。"

刘学峰对锦宏集团的经营管理状况了解得较多，对贺秋枫和李学姝的个人情况也有所了解。不过，他对贺冬梅的情况知道得很少。锦宏集团作为洛水县最大的民营企业，效益很好，是纳税的大户，还解决了几千人的就业问题。所以，贺秋枫的经营和管理能力是毋庸置疑的。李学姝作为党委重点培养的干部，能力也比较强。但是，企业的生产和经营受政策和市场变化的影响很大，一旦判断错误，就会血本无归，甚至倒闭。虽然父母对子女有一定的影响，但是最主要的还是子女本身是否有能力。所以，不能把贺冬梅父母的能力和锦宏集团目前的状况作为婚姻的砝码。恋爱、结婚是以男女感情为基础的，是勉强不得的。

刘学峰看了看张怡，又看了看刘文浩，不急不缓地说："既然这样，就先观察一段时间再说吧！"

刘文浩："车的事情怎么办？"

刘学峰：“也等一等再说吧！”

王钰已经有一个月没有见到父母了，很想回家看一看。另外，她想把和刘文浩谈恋爱的事情告诉自己的父母，免得他们为她的婚姻大事着急。最近几个月，王钰调到洛源派出所去工作了，离家远了，经常不回家。可是，只要王钰一回家，父母就要对她的个人问题表示关心，实在是让她有了不小的压力。

这一天，王钰坐火车从朝阳直达洛水，想先回家看望父母，再去洛源派出所上班。她一只手提着行李，另一只手提着从朝阳市场买的早熟苹果，轻轻地敲了敲门。王钰的妈妈听到敲门声，连忙放下抹布，跑来开门。门刚一打开，王钰就放下了手里的东西，抱住了母亲。王钰和母亲一起走进客厅的时候，只见父亲端着炒好的菜从厨房里走了出来。王钰连忙把菜接过来，放到桌上，然后从背后搂住了父亲的腰。母亲见状，高兴地说：“都这么大了，还像个小姑娘似的！快吃饭吧！”

王钰的爸爸王玉甫和妈妈杨云锦都是洛水县德高望重的老教师。爸爸王玉甫教历史，再过三年就退休了。妈妈杨云锦教语文，正在办理退休手续。虽然两位老人都已经年近六旬了，但是身体都很好，显得很年轻。王钰是独生女，自幼聪慧，被父母视为掌上明珠。杨云锦不停地往王钰的碗里夹菜，王钰边吃边说：“妈，你把我喂胖了咋办？不让我嫁人了？”

“我看你今天很高兴，是不是有什么喜事了？”

王钰把碗放下，扯了一张餐巾纸，抹了抹嘴，笑嘻嘻地说：“你真是我的好妈妈，什么事都瞒不过你！”

“你是不是有男朋友了？”杨云锦笑着说。

王钰羞红了脸，把和刘文浩谈恋爱的事告诉了妈妈。说完，她搂着妈妈的脖子，轻声问：“妈妈，好不好？”

听王钰说完，父母的表情都有些严肃。杨云锦说：“好是好，只是我们两家门不当、户不对，我怕你结了婚之后受气啊！”

王钰说：“妈妈，现在都什么年代了，还讲门当户对……”

王玉甫说：“小钰，你妈妈说的有道理。我们不是要反对你和刘文浩交往，只是想提醒你，刘文浩前途远大，不知道什么时候就会离开洛水。到了那个时候，你怎么办？”

王钰说：“我没想那么多。以后的事情，以后再说吧。”

杨云锦说：“小钰，你爸爸说的对。结婚是一辈子的事，不能只看眼前。再说了，你们接触的时间很短，还有很多事情没有经历过，不能过早地下结论。你的工作很特殊，经常在外面跑……时间长了，刘家会怎么看？”

过了一段时间，见刘家人还是没有回信儿，贺冬梅有些着急了。这段时间，她总是梦见刘文浩带着她到世界各地去旅游，最后走进了婚姻的殿堂。

贺冬梅是他们的独生女，贺秋枫和李学姝比贺冬梅更着急。他们多希望女儿能为他们找一个称心如意的女婿啊！这样，他们就能早一点儿把锦宏集团交给女儿、女婿，好让自己颐养天年了。刘文浩的出现让他们感到十分高兴——把锦宏集团交给他，他们一百个放心。女儿都快三十岁了，不能再等了，必须抓紧促成这件事情。

对于贺冬梅的婚事，还有一个人比较着急，那就是赵静。她着什么急呢？她丈夫卢玉儒已经四十三岁了，在正科级的岗位上干了三年，已经达到了提升到副县级的标准。如果她把刘文浩与贺冬梅的婚事促成了，讨了刘书记的欢心，她老公就可以顺顺当当地被提拔到副县级岗位了。所以，她必须把握住这个机会。刘学峰已经当了五年的县长，说不定很快就要被调离洛水了。到时候，她老公的事情就不好办了。于是，她便找刘文浩的同学从侧面了解了一下情况，得知刘文浩与王钰正在交往。这下她可真着急了，立马把这件事情告诉了贺家。

于是，王钰便在不知不觉中被卷入了这场“爱情争夺战”。

中秋节那天下午，王钰让其他民警回家与亲人团聚，只留下刚参加工作的胡秋萍和她一起值班。晚饭前，她给家里打了个电话，祝爸爸、妈妈节日愉快。打完了电话，王钰心里很不是滋味，总觉得自己没有回去和父母团聚，对不起他们。这时，她收到了刘文浩发来的“中秋快乐”的彩信，脸上洋溢着幸福的笑容，马上便给刘文浩回了一个“花好月圆”的彩信。

从上了大学到现在，每一年过中秋节，刘文浩都不能与父母团聚。今年，能与父母一起共度中秋，他感到十分高兴。过节了，他觉得自己不能空着手回家去，便到附近的商场去选购过节的礼品了。商场里，吃的、用的应有尽有，中秋节的月饼更是种类繁多、花样翻新，令人眼花缭乱。刘文浩在“家乐福”超市的月饼专区选来选去，不知道选什么好。最后，他选购了一款既好吃又不贵的简装“云腿月饼”。

下午一下班，刘文浩就回家帮助妈妈做晚饭去了。六点半钟，刚做好饭菜，刘学峰就回来了。于是，一家人便围坐在桌旁共进晚餐了，真是其乐融融！刘学峰难得回家吃一次饭，感到很放松、很安逸。他举起酒杯，充满歉意地看着老伴儿和儿子说：“平时，我很少回家吃饭，实在是觉得对不起你们。祝你们中秋节快乐！”说完，他将杯中酒一饮而尽。

刘文浩陪爸爸、妈妈喝了一口酒，然后激动地说：“爸爸、妈妈，儿子敬你们一杯！”张怡劝刘文浩少喝点儿，但刘文浩却说：“妈，今天大家都高兴，你就让我多喝点儿吧！”说完，他单膝跪地，把酒杯举过头顶，神情庄重地说道：“当着初升的明月，儿子感谢父母的养育之恩！请月亮作证，儿子一辈子都会孝敬父母！祝二老健康、幸福、快乐！”说完，他便把杯子里的酒喝干了。

张怡看着刘学峰、刘文浩父子俩，感到十分幸福。丈夫事业有成、身体健康、心情愉快，儿子有出息、很孝顺，她十分知足。她给自己斟满了酒，与丈夫轻轻地碰了一下杯，便喝干了杯中酒。刘学峰见妻子把酒喝干了，自己也笑着喝干了杯中酒。

一家人越吃越高兴，越聊越起劲儿。于是，张怡便乘机把赵静前两天跟她说的事情告诉了刘文浩。刘文浩有点儿醉意，涨红了脸。他带着点儿商量的语气说道：“今天，我们不说这个，行吗？”

刘学峰说：“一家人难得在一起，说说吧！”

刘文浩说：“你不是说，要看一看再说吗？”

张怡说：“看来，贺家是认真的。听赵静说，贺秋枫打算花五千万块钱在海口、昆明、朝阳、洛水买别墅，以后刘文浩和贺冬梅想住在哪儿就住在哪儿。”

刘文浩说：“摆什么阔气，我不稀罕！”

张怡说：“贺家有房，有车，有产业……”

刘文浩说：“你们不希望我成为金钱的奴隶吧！”

刘学峰说：“贺总打下了很好的基础……你要想创造财富，不是很容易嘛！”

刘文浩说：“贺秋枫这些年发了大财，哪一个项目不是靠吃吃喝喝、拉拉扯扯、送钱送物得来的呀！他赚的钱，沾满了农民工的血汗！总有一天，他是要还债的！”

刘学峰说：“现在，企业家们致富以后，都开始做公益了。贺总在洛源地震的时候，一次性捐了一千万元，占了锦宏集团当年纯收入的十分之一。”

刘文浩说：“我不否认，有的企业家会有善心、善举，但是贺秋枫不一样，他的哪一笔捐款不是‘政治投资’？”

张怡说：“你给他们写的通讯报道，不是很好吗？”

刘文浩说：“那是为了宣传！”

张怡说：“你与贺冬梅结婚以后，可以自立嘛！贺冬梅热情、大方，学历不低，身体也很好……”

刘文浩说：“我是不会跟一个浅薄的、只认识钱的女人共同生活的！”

刘学峰见儿子这么有理想、有抱负、有主见，心里很高兴。他充满信任地看着刘文浩说：“文浩，你长大了，成熟了……你的婚姻，就自己做主吧。你要是找到了合适的对象，就告诉我和你妈妈一声！”

张怡说：“文浩，听你赵阿姨说，你已经找到了对象……是真的吗？”

刘文浩说：“是的，刚开始接触。”

刘学峰说：“能跟我们说说吗？”

刘文浩说：“你认识她……”

张怡说：“别卖关子了，快说吧！”

刘文浩说：“她叫王钰。”

刘学峰说：“哪个王钰？”

刘文浩说：“她是一名警察。”

刘学峰想起来了！他当县长时，为了让洛源镇在灾后重振经济，提出要开发旅游业，要求县公安局把洛源派出所调整为女子派出所，实施温情管理、柔情执法——王钰就是他亲自确定的人选。他看了看张怡，又看了看刘文浩，轻轻地咳嗽了一声，十分肯定地说："王钰很优秀，是个好姑娘。"他停顿了一下，语气恳切地继续说道："只是，警察工作太辛苦，工资待遇又不高……你们结婚以后，日子会过得很艰苦……你要有思想准备。"

刘文浩说："我想好了，再苦也不怕！"

刘学峰说："嗯，你自己做主吧！"

吃完晚饭，王钰帮李婶洗好了碗、打扫干净了厨房，便让胡秋萍把白天买好的月饼、核桃、花生和苹果端出来，摆在了派出所院子里的草坪上。不一会儿，"云上食府"的三个女服务员下班了，也来派出所和她们一起赏月了。大家边吃边聊，十分开心。夜里，快十二点了，大家都准备回去休息了。这时，王钰的手机响了。接电话时，王钰的表情很严肃，肯定是有重大警情了。

接完电话，王钰叫李婶在办公室里接听电话，然后让胡秋萍立即穿上防刺背心，带上枪和手铐、手电，和她一起到"213 公路"设卡检查过往的车辆和行人。

王钰边走边向胡秋萍通报案情，并与胡秋萍分头打电话通知离岗回家过节的民警，让他们迅速回派出所听候指令。

堵卡点设在一面是绝壁、一面临洛水的一条比较平直的公路上。刚设好卡，她们便发现一辆大卡车呼啸着冲了过来。王钰和胡秋萍站在路边，挥动着警用停车示意牌。大卡车的司机紧急刹车，停在了王钰和胡秋萍面前。司机从驾驶室里探出头来，大声喊道："你们这是干什么？就这么一小段路，被你们查了三次，还让不让人赶路了?”

王钰大声说道：“例行检查，请你配合!”

司机不耐烦地说：“查吧，我又没干什么违法犯罪的事!”

王钰爬上高高的驾驶室，看了看，没有发现什么异常。胡秋萍围着卡车转了一圈儿，把头伸进敞开的车厢看了看，没有发现什么可疑之处。于是，她们便让司机把车开走了。

大卡车没驶出几米，王钰便看见有一个人缩手缩脚地跟在车后面。于是，她大喊了一声：“站住!”

那个人边跑边说：“饶了我吧!”

王钰用手电筒照了照，看清了那个人的面容，大概是附近的村民。于是，她厉声喝道：“深更半夜……出来干什么?”

那个村民认出了王钰，轻声说：“哦，是王副所长！我的娃儿病了，浑身发抖，我到镇上去找医生。”

“见了我们，你跑什么?”

“我不知道是你们，以为遇上了拦路抢劫的。”

王钰和胡秋萍苦笑着让他走了。随后，不断地有货车、客车经过，都没有发现什么异常情况。

夜深了，路过的车辆和行人少了，气温也降低了。于是，王钰和胡秋萍便坐到了警车里。大约在凌晨三点钟左右的时候，胡秋萍疲倦地靠在座位上睡着了。夜深人静，王钰听到外面有脚步声。她打开车门，走了出去，发现有一个人拔腿就跑。

“站住!”王钰边喊边跑，紧追不舍。追了足有一千多米，前面的那个人跑不动了，蹲在了地上。王钰和随后赶来的胡秋萍一起抓住了他，给他戴上了手铐。经过搜身，她们发现了三百余克疑似海洛因的白色物质。通过现场询问，她们断定此人正是县公安局禁毒大队通缉的一名贩毒嫌疑人。

凌晨五点钟左右，公路上车辆和行人十分稀少。月亮在云层中穿行，时隐时现。胡秋萍参加夜间执勤的机会不多，没有形成熬夜的习惯，忍不住打起瞌睡来。

突然，王钰的手机响了起来，吓得胡秋萍直打哆嗦。

电话是王世安局长打来的。王局长告诉王钰，犯罪嫌疑人的身份已经查明，指挥中心很快就会把相关信息发过来。他要求洛源派出所派两名民警继续堵卡，其余人员按照指挥中心的安排参加搜捕行动。

无论是追捕还是搜捕，都是极其辛苦、极具风险的。王钰让年龄稍大的民警罗丽英和正在哺乳期的民警张晓莉接替她和胡秋萍，让另外两名民警参加五号地区的搜捕。王钰带领胡秋萍参加三号地区的搜捕。

一路上，警车飞驰，经过了无数卡点。王钰和胡秋萍驱车赶到三号地区的时候，县公安局刑警大队副大队长张云武已经提前到达了那里。他们三个人迅速通过当地的村干部和村民了解了三号地区的地形、地貌和气候，以及居民分布的情况。然后，他们经过分析，果断决定，以营盘山为搜捕重点，由外向内进行搜索。

营盘山是洛水县的第三大山，地势险峻，周围三十平方公里以内没有人烟。有一条小路可达山顶，但多少年来几乎无人在上面行走。从山腰到山顶的路上长满了树和草。有几处栈道已经垮塌，无法通行。三位民警请一名当地村民做向导，快速地搜索到山腰，没有发现犯罪嫌疑人的踪迹。

王钰爬上一块大石头，四处瞭望，发现周围的景色美不胜收。她无心欣赏营盘山秋天的景致，分析着犯罪嫌疑人逃窜的方向。她认为，犯罪嫌疑人躲藏在营盘山中的可能性比较大，但逃到古营盘里的可能性不大，因为犯罪嫌疑人的家离营盘山只有二十公里左右，应该知道没有通往古营盘的路。她向引路的村民进一步了解，获得了一个重要信息：一公里以外，有一个天坑。天坑有一个足球场那么大，四周都是峭壁。峭壁上有不少山洞，其中一个较大的山洞有水外溢，一直流到坑底。山洞直通山顶，外面无路可进山洞。王钰与张云武、胡秋萍一起分析和研究之后，决定向天坑那边移动。

三位民警走在向导的后面，艰难地向坑口前进。离坑口还有一百米左右的时候，他们又饿又渴，每走一步都感到很吃力，不得不停下来喝水、吃干粮。

十分钟后，他们恢复了体力，继续前行。走出二十米左右，向导发现前面有新折断的树枝，地上有歪倒的草。三位民警查看后，一致认为，树枝不像是动物折断的，犯罪嫌疑人很有可能刚刚经过此地。他们把情况向指挥中心作了汇报之后，加快了追踪的速度。

张云武跟随向导走在前面，王钰和胡秋萍紧随其后。坑口周围三十米以内，很少有树木。松软的地皮上，脚印沿着坑口的边缘向山上延伸。大家兴奋起来，加快了脚步。胡秋萍没有爬过这么高的山，再加上彻夜未眠，体力不支，一头栽倒在地，向山下滑去。

王钰转身去抓胡秋萍的手，但是没有抓住。胡秋萍卡在崖边的缺口处，面向崖壁，脚向下，双手死死地抓住了崖边的一块凸起的石头。

王钰大声叫着张云武，冲了下去，坐在斜坡上，左手抓住胡秋萍的一只手，左脚蹬在石头上。

听到喊声，张云武跑下来，双手抓住王钰的右手，奋力向上拉。胡秋萍一只脚踩住岩缝，向上用力，慢慢地露出了半个身子……

王钰躺在斜坡上，张云武半蹲着。两个人继续用力拉，终于把胡秋萍拉了上来。

谁也没有注意到，就在胡秋萍快要被拉上来的时候，王钰脚蹬的石头松动了。王钰蹬着石头，刚准备起身，那块已经松动的石头便掉下了悬崖。由于惯性，王钰滑下了悬崖。

“完了!”张云武惊叫了一声。他站在崖边，什么也看不见了。胡秋萍刚脱离危险，王钰又掉下去了，真是祸不单行啊!

一时间，张云武束手无策，只好掏出手机，向指挥中心报告了情况。

虽然已时值中秋，但是天气依然很热。县公安局坐落在地势较低的地方，闷热、潮湿。民警们即使坐着，也会全身汗津津的，所以他们都喜欢坐木凳或藤椅。王世安局长坐在指挥中心的藤椅上，一只手扇着扇子，一只手拿着点燃的香烟，正在与政委黄德培、副局长余忠一起听指挥中心主任报告的堵卡和搜捕的新进展。

听完报告，余忠建议王世安调整堵卡、搜捕的措施。这时，指挥中心的一位女民警神情紧张地走进来，汇报了王钰落下悬崖的情况。王世安掐灭了烟头，站在地图前面，紧盯着三号地区。空气仿佛瞬间凝固了，大家都把目光投向了王世安。

根据王钰和张云武报告的情况，案犯逃往三号地区的可能性比较大。天坑的四周都是悬崖峭壁，王钰掉下去，非死即伤，必须立即施救。

王世安紧张地思考了一分钟之后，举起右手，伸出了一根手指头：“以特警、武警、消防警为主力，组成八十人左右的救援队，以最快的速度赶往三号地区，立即展开搜救行动!”

说完，他又伸出了一根手指头：“外围的堵卡警力全部收缩到三号地区!”

他停顿了一下，伸出了第三根手指头：“通知县第一人民医院，组织不少于十名医生、护士，紧急赶往三号地区，做好现场的救护工作!”

王世安把手放下，看着余忠：“你到现场去，负责搜捕工作！我也到现场去，负责救援工作!”说完，他转过身来，看着黄德培政委：“你在指挥中心负责协调救援和搜捕工作!”布置完了工作，他便拿上手机和香烟，大步走出了指挥中心。

王钰是从悬崖上滑下去的，就像从飞机上坠落下去一样。她在七十度左右的斜坡上翻滚了三十多米之后，被从崖缝中长出的小树挡住了，身上沾满了树叶和泥沙。掉下去之后，她眼前一片漆黑，大脑一片空白。

不知过了多长时间，她听到了手机铃声，才条件反射地翻找起手机来。她觉得头昏沉沉的，怎么也翻不了身。过了一会儿，她觉得头脑清醒了一些，明白自己掉下了悬崖。她想睁开眼睛，但是眼皮上就像是压了什么重物，怎么也睁不开。她想伸手拿掉脸上的东西，但是手就像被捆住了，无法动弹。她怀疑自己伤得不轻，手可能摔断了。她蹬了一下腿，还能动。她歇了一会儿，感觉头脑清醒多了。接着，她连续摆动了几下头，抖落了头上的树叶和泥沙。她睁开眼睛，发现自己躺在树丛里。树丛的下面是一个石台，面积有五六平方米。她动了动上身，感觉手臂有些发麻。她试着动了一下手——手腕能动，就是胳膊肘和手臂不能动。她轻轻地滚动一下身体，把手臂慢慢地从树枝中挣脱了出来。

十几分钟后，她的手臂不那么麻了。她试着活动了一下手臂，发现手臂没有断，只是表皮有点儿擦伤。她从衣兜里掏出手机，显示屏上显示着“电量低”。她查看了一下通话记录，发现有三十多个未接电话，分别是张云武、胡秋萍和王局长打来的。手机电量不足了，她又没有备用电池，只好给张云武发了一条短信，只有一个“一”字。她担心张云武的手机也没电了，便又给王局长发了一条同样的短信。发完短信，她把手机关了，然后离开树丛，走到了石台上。

王钰站在石台上，深深地吸了几口气，打起了精神，想找到回到坑口的路。上面的山路十分陡峭，没有树枝和藤条，无法攀登上去。下面是悬崖，足有七十多米，无法从这里下去。左面是绝壁，根本就没有路。只有右面的岩石上有一条天然的石径，伸向谷底。她往右面看去，视线被一块凸起的岩石挡住了，无法判断前面的路况。于是，她打算就在石台上等待救援。

太阳就要下山了，还没有见到有人来救援。王钰估摸着，天黑之前可能不会有人来救援了。考虑到天黑之后很难实施救援，她决定在石台上坚持到第二天。她担心自己夜间会不慎跌落到悬崖下面去，想在睡觉时把自己的一只手铐在树枝上。于是，她下意识地伸手从腰间取下了手铐。就在手铐发出金属的撞击声时，她好像听到有人在痛苦地呻吟。她又仔细地听了听，发现确实有人在不远处呻吟。她立刻紧张了起来，不顾一切地朝着呻吟声发出的地方爬去。她爬出了二十多米，呻吟声越来越清晰了——是个男人的声音。她又爬了五米左右，发现石径边的一棵树上挂着一个人。那个人穿的是便衣，显然不是警方派来对她施救的人员。于是，她打开手机，与县公安局指挥中心发过来的犯罪嫌疑人的信息对照了一下，发现这个人正是警方要抓捕的强奸、杀人犯罪嫌疑人陈东强。陈东强听见周围有动静，睁开眼睛一看，是一名警察，便停止了呻吟。

王钰踌躇起来——救还是不救？如果救，那么怎么救？陈东强是强奸、杀人的犯罪嫌疑人，死有余辜。可是，出于人道，她不能见死不救。另外，他要是死了，案件的真相就无法查明了。作为警察，她认为自己有责任救下陈东强。

她仔细地观察了一下，发现陈东强的左腿被大拇指那么粗的树枝戳穿了，伤口还在滴血。他的左手也受了伤，袖口上满是血污。他的右腿挂在树杈上，可能是为了减轻重量，防止加重左脚的伤。由于失血过多，他脸色惨白。

如果不救他，等到第二天早上，陈东强必死无疑。可是，一旦把他救下来，她一个人是应付不了的。搞不好，两个人都会掉下悬崖。王钰迟疑了一下，然后沿着石径继续向前走去。陈东强看见王钰，呻吟了几声，大声喊道："我不想死！救救我吧！"

王钰没有理他，继续向前走，走到了一块凸起的岩石旁边。岩石不是很大，并且有些松动。她背靠着岩壁，用一只脚用力一蹬，石头掉下了悬崖。她舒了一口气，抬眼望去，见石径沿着石壁延伸，一直通到距离坑底十米左右的地方。

王钰回到陈东强面前，厉声问道："你是不是叫陈东强？为什么到这儿来？"

"我有错，但是人不是我杀的！救救我吧，我不想死在这里！"

"你必须如实交代！"

"救救我吧，我一定如实交代！"

王钰见天色已晚，再不救他就来不及了，便取出了手铐，把陈东强的右手铐在了树上。然后，她解下领带，紧紧地勒住了陈东强受伤的左腿。她用脚蹬住树干，抱住陈东强的左腿，轻轻地向上用力，把陈东强的左腿从树枝上抽了出来。一阵剧痛，陈东强昏了过去。

五分钟以后，陈东强苏醒了。王钰告诉他："要想活命，就得好好配合。"陈东强点了点头。

王钰把手铐打开，走在前面探路，让陈东强跟在后面。陈东强拖着受伤的大腿，吃力地向谷底挪动。天黑了，他们终于走到了石径的尽头。王钰把藤条拴在陈东强的腰上，拉着陈东强慢慢地贴着岩壁往下滑。陈东强安全着地之后，王钰也往腰上拴了根藤条，滑了下去。

王世安收到了王钰发来的短信，知道王钰还活着，决定赶快去救她。王钰要是有个三长两短，他既无法面对王钰的父母，也无法向上级交代。此刻，他心急如焚，一面打电话让救援人员尽快赶往现场，一面考虑着各种救援办法。

这时，王钰在岩脚下找到了一个小山洞，距离地面一米左右。她找来一些枯草，垫在地上，让陈东强坐在上面。然后，她又找来了一些长满树叶的树枝，挡在洞口，以抵御寒冷。她把陈东强安排妥当之后，便打开了手机，给王世安局长发了第二条短信"谷底"。这时，陈东强歪倒在了地上。陈东强失血过多，又一天没吃东西了，体力严重透支，再也支撑不住了。王钰也是饥肠辘辘，急需吃点儿东西。

于是，王钰走到洞外，四处寻找吃的东西。她看到百米开外有几棵比较大的树，从形状看，有可能是栗子树。于是，她走了过去，发现树下有许多掉落的板栗。她摸索着，一颗一颗地把板栗捡起来，塞在衣兜里，然后高兴地返回了山洞。

王钰把板栗咬碎了，喂给了陈东强。陈东强恢复了体力，重新坐了起来。他打起了精神，说："你是我的救命恩人啊！只是，不知道你的尊姓大名。"

王钰笑了笑，轻描淡写地说："我叫王钰。你尽量少说话，多吃点儿东西！"

"王警官，你对我的救命之恩，我永远都不会忘记！"

"你给我讲讲，你为什么来营盘山？"

"说来话长！我家就住在营盘山背后，离这里有十几里地。我有很多次跟着家里人上山打猎，知道上山的路。昨晚，我从洛水县城跑出来之后，不敢走大路，所以走小路来到了营盘山。我原想在山上躲几天，等风声过了，再回家拿点儿钱作盘缠，到新疆去打工。没想到，慌乱之中，我失足摔下了悬崖。"

"接着说……"

"我今年二十三岁了，与本村的姑娘卓正娅相恋了三年多。双方的父母原打算去年让我们结婚，不料卓正娅的父亲在外地打工时在车祸中死了。按照当地的风俗，我们得在一年后才能举行婚礼。卓正娅的父亲死后，家里的生活更加困难了，就更不用说举办婚礼了。所以，她决定一个人到洛水县城去打工赚钱。当时，我并不支持她这么做，可是她自尊心强，坚持要自己赚钱。在洛水县城，她在一家名叫'好又来'的饭店干上了洗碗工。干了有十几天，饭店的老板就动了邪念，被她拒绝了。后来，她又到一个理发店去给人家洗头，结果被人家举报，说她卖淫。后来，由于证据不足，她被公安机关释放了。再后来，她回家待了半年多，实在找不到出路，就到洛水县的一家名叫'喜来登'的饭店去打工了。我担心她再被人欺负，就到洛水县城去找她，想叫她回家。她下班后，我请她吃了顿饭，然后请她去看了场电影。电影散场后，我约她去我住的旅店，她同意了。受到电影情节的刺激，我们在旅馆里发生了关系。我把她送回饭店的宿舍之后，她说她肚子又饿了，而且特别热，想去洗澡。我让她先洗澡，我去给她买点儿烧烤的东西吃。半个小时之后，我返回了她的宿舍。刚一推开门，我就看见她赤身裸体地倒在血泊中。我吓坏了，抱起她就往外走，打算送她去医院。刚走了有十几步，我就听到了警车的声音，感到非常害怕。我刚与她发生了关系，她身上肯定有我的精液。警察要是抓住了我，我有口难辩啊！于是，我就把卓正娅抱回宿舍，转身就跑了。跑了没多远，我就看见了一个和我一样神色慌张的男人——好像是'好又来'饭店的老板。卓正娅跟我说过，'好又来'饭店的老板欺负过她。"

王钰听着他的讲述，想起了自己在治安大队工作时经办的"卓正娅卖淫案"。卓正娅是被"好又来"饭店的老板举报的。查明卓正娅无罪之后，她亲自送卓正娅到了车站，目送着她上车回家了。她觉得，陈东强说的有可能是真的。

王钰怕陈东强失血太多，睡着了就醒不过来了，所以不让他睡觉。前一天晚上，王钰因为堵卡而通宵未眠，今天又紧张地劳累了一天，现在是又累又乏。她担心发生意外，便走到洞外，分别隐藏好了手枪和子弹。

皓月当空，照亮了天坑。王钰看着那圆圆的月亮，想起了自己的父母——他们一定十分牵挂她。还有刘文浩，他应该知道她出事了，一定在坐立不安地等待着她的消息。她默默地站在月光下，在心里祈祷着。

王世安他们驱车赶到山脚下，没有路了，只能步行。王世安走在救援队伍的中间，处理着各种问题。他毕竟是四十多岁的人了，又有高血压，刚爬到半山腰就头晕目眩了，差点儿摔倒。民警们要背着他走，被他拒绝了。他又坚持走了五百多米，实在走不动了，便让两名民警扶着他歇了片刻。他们到达王钰滑下悬崖的地方时，天已经完全黑了。他察看了一下现场的情况，然后把特警、武警和消防部门的负责人叫到了面前。大家一致认为，晚上救援风险太大。于是，王世安叫大家原地休息，第二天早晨再开始救援。

午休前，刘文浩打电话找王钰，可是打了几次都关机。他想，王钰可能去开会了，所以把手机关上了。他往派出所打电话，没人接。下午一上班，他又往派出所给王钰打了个电话，还是没人接。

他跑到县委办公室去询问，才知道县公安局全警出动，去搜捕强奸杀人犯了。县委办公室的同志把王钰在搜捕行动中不慎滑下悬崖的事情也告诉了他。

听到王钰滑下悬崖的消息，刘文浩一阵眩晕。他紧紧地抱住头，努力让自己保持清醒。他敲开了陈忠部长办公室的门，请求去搜救现场。陈部长没有马上同意，说要征求一下刘书记的意见。

这时，刘学峰正在乡下视察。陈忠拨通了刘学峰秘书的电话，请秘书请示刘书记。过了一会儿，秘书打来电话说："刘书记同意了。但是，要确保刘文浩的安全。"于是，陈忠马上安排了三名干部，送刘文浩赶赴现场，参加救援行动。

就在大家准备休息的时候，王世安局长收到了王钰发来的短信，上面只有两个字"二人"。于是，王世安局长又把大家叫回来分析短信的意思。大家赞同"王钰还活着"的看法，但是"二人"是什么意思，大家看法不一。有人认为，王钰伤得很重，是在神志不清的情况下发出的信息。还有人认为，确实有一个人和王钰在一起。但是，这个人是什么人，就又有不同的意见了。有人认为，这个人有可能是当地遇险的村民。还有人认为，这个人有可能是个逃犯。王世安认真地听完大家的意见之后，认为不管那个人是什么人，都会增加救援的难度。他要求大家做好准备，轮班整修道路，务必在天亮之前砍掉挡在路上的树枝和杂草。

安排好了工作之后，王世安局长和衣躺在草地上，看着圆圆的月亮，心情渐渐地好了起来。王钰发来了短信，说明她的身体状况比较好。他把大家召集起来，细化了应对措施。

午夜时分，刘文浩赶到了救援现场。他得知王钰还活着，才放下心来。

天刚蒙蒙亮，营救行动就开始了。经过特殊训练的警察个个都是攀岩和搜救的能手，心理素质和体能都很好。医生和护士看着高高的悬崖，有些心慌气短，系着保险绳都不敢往下滑。王世安局长亲自进行心理疏导，他们才稳定了情绪。

刘文浩坚决要求参与营救行动，王世安局长没有同意。刘永浩把王世安局长拉到一边，反复强调王钰是他的女朋友，他必须去营救。无奈，王世安局长只好给陈忠部长打了个电话。于是，陈忠部长把刘学峰书记的意思转达给了王世安局长。王世安局长觉得这样做风险太大了，比单纯地营救王钰要难得多。他左思右想，也没有想出万全之策。无奈，他只好蹲在地上吸起烟来。

刘文浩从王世安的表情上看出了些什么，于是放缓了口气说：“王局长，我知道您在为我和王钰的安全担心。您放心，我一定会按照您的要求做好防护工作！”

王世安迟疑了片刻，叫来了三名预备队员，让他们确保刘文浩的安全。刘文浩戴好安全防护器具，和三名预备队员一起走向了悬崖。

王钰见洞口外面亮起来了，便想叫陈东强做好配合营救的准备。可是，她连叫了几声，陈东强都没有回应。王钰以为他死了，忙伸手在他的鼻孔上方试了试——还有呼吸。于是，王钰便大声喊着陈东强的名字，摇晃着他的身体。几分钟后，陈东强无力地抬起手来，抓住王钰的手，放到了自己的嘴上。王钰感觉陈东强的嘴唇已经干裂了，上下唇已经分不开了。王钰明白，陈东强严重脱水，急需补水。

王钰走出了山洞，听到远处有嘈杂的人声。她高兴地举起右手，大声喊道："我在这儿!"可是，她连喊了几声，也没有人回应。

她走到小溪边，刚把溪水捧到嘴边，便突然想起来，天坑里有大量的残枝败叶和动物尸体……这溪水可能有毒，不能饮用。于是，她把捧在手心里的水倒掉，一滴一滴地收集起露水来。

过了一会儿，她便捧着清凉、干净的露水，小心翼翼地走回了山洞。她慢慢地将露水滴在陈东强干裂的嘴唇上，浸入了陈东强的口中。过了一会儿，陈东强张开嘴，把露水吞进了肚里。王钰又收集了几次露水，让陈东强喝了。陈东强渐渐地恢复了体力，可以坐起来了。

王钰这才感觉到，自己也很渴。于是，她再次走出山洞，去收集露水。近处的露水已经没有了，她只好走出去了十多米。她站在一棵小树下，张开嘴，轻轻地碰落了露珠。露水一滴一滴地滋润了她的嘴唇，淌进了她的身体。她感到十分清爽，专心致志地吮吸着露珠。

突然，她感觉左小腿好像被什么动物咬了一口。她低头一看，发现一条一米多长的绿蛇扭动着身躯，躲进了草丛。

她知道自己被蛇咬了，便飞快地跑回了山洞。陈东强见王钰神色慌张、面色苍白，忙问："怎么了？"王钰声音沙哑地说："可能是被蛇咬了！"陈东强见王钰左小腿上有两个针眼大小的牙印，便立即用拴在自己腿上的领带给王钰进行了包扎。

几分钟后，王钰感到一阵头晕，眼前一片模糊。她知道蛇毒已经侵入了自己的大脑，连忙掏出手机，给王世安局长发了第四条短信"蛇毒"。发完短信，王钰便眼前一黑，倒在了地上。陈东强见状，马上冲上前去，张开嘴，用力从王钰的伤口处往外吸血，然后一口一口地吐出了乌黑的血。

过了一会儿，陈东强便走出山洞，去寻找草药了。他是山里人，知道哪种草药可以解蛇毒。十几分钟后，他找回了能解蛇毒的草药，放在口中嚼碎之后，敷在了王钰的伤口上。

这时，医生、护士和刘文浩他们都平安地到达了目的地。王世安刚给指挥中心打了个电话，就收到了王钰的第四条短信。"蛇毒"两个字就像两个带刺的板栗壳，刺痛了他的手掌。过了好一阵子，他才镇定下来，拨通了邻县"西部温泉大峡谷旅游集团"董事长的电话，请求派直升机救援。

"西部温泉大峡谷旅游集团"开设了温泉浴、峡谷探险、水上游乐等旅游项目，平时备有急救药品，包括治疗蛇毒的药。他们还有两架专门用于野外救援的直升机，驾驶员是从俄罗斯高加索地区聘请的。董事长没等王世安说完，就放下电话，让秘书通知直升机的驾驶员，立即准备起飞。

参加营救的警察艰难地在树丛中搜寻着。刘文浩没有与医生和护士一起待在山上，而是跟在警察后面搜寻着王钰。

他们一路搜索，喊着王钰的名字。早晨八点钟左右，他们收到了王局长发来的短信：“王钰中了蛇毒，加快搜救速度!”看了这条短信，刘文浩瘫坐在了地上。两名警察把他架起来，跟在了搜救队伍的后面。

九点钟左右，他们发现了新折断的树枝和被踩倒的野草。于是，他们找到了王钰和陈东强所在的山洞。王钰和陈东强倒在地上，双眼紧闭，嘴唇乌紫。陈东强的嘴上有干涸的血迹，王钰的左小腿乌黑肿胀。

刘文浩把嘴对准王钰的伤口，拼命地吸了几下。他握着王钰的手，嘴上沾满了乌黑的血，大声喊着：“你要挺住!”医生和护士们给王钰加固了止血带，同时对陈东强的伤口进行了消毒、清淤和包扎。然后，他们用针管给两个人输入了营养液和杀菌药液。他们准备把王钰抬上担架时，接到了王世安局长打来的电话：“救援的直升机马上就到！你们引导直升机悬停，并将王钰和陈东强安全送上直升机!”

坑底是一个斜坡，直升机无法降落，只能悬停在附近，距离地面两米左右。民警们齐心协力地将王钰和陈东强捆在担架上，送上了直升机。

刘文浩坚持要护送王钰，被民警们阻止了。直升机的机舱较小，只能容纳六个人。飞机起飞了，刘文浩跪在地上，双手合十，不停地念叨着：“王钰，你要坚持住啊!”在场的警察和医生、护士被刘文浩感动了，眼里噙满了泪水。

直升机升上去五十多米以后，又降了下来。机舱的门打开了，医生从门缝里扔出来一盒“南通蛇药”。大家这才知道，刘文浩为了给王钰吸伤口里的血而中了蛇毒。医生们把药片捣碎之后，用矿泉水融化了，灌到了刘文浩的嘴里。

刘文浩中毒不深，很快就恢复了正常。民警们依次登上软梯，爬上了岩壁，只留下两名民警陪着刘文浩。半个小时过去了，这两名民警检查了防护装备之后，陪着刘文浩登上了软梯。

爬了几步，刘文浩就感觉有些心慌、腿软了。又爬了十来米，他手一松，滑下了软梯。还好，有保险绳拉着，两名民警在岩脚下接住了他。休息了十多分钟，刘文浩便又登上了软梯。为了确保刘文浩顺利地爬到坑口，一名警察在前面拉着刘文浩的防护腰带，另一名警察在后面托住刘文浩的臀部……

半个小时以后，刘文浩终于爬到了坑口。他看了看王世安，充满歉意地说："给您添乱了！"然后，他抓起两个面包，边走边吃，想尽快下山赶往医院。

直升机平稳地降落在了洛水县第一人民医院的草坪上。县委书记刘学峰、县长孔志开、县委副书记郭军等领导同志，以及闻讯而来的各界群众迎了上去。医务人员忙碌而有步骤地将王钰和陈东强抬到了急救室。刘学峰表情严肃，没有说一句话。

刘学峰叫上孔志开和郭军，向院长办公室走去。听院长汇报完急救方案，刘学峰放心地点了点头。

经过救治，王钰和陈东强都脱离了生命危险。王钰静静地躺在病床上，左手打着吊瓶，紧闭着双眼。她听见妈妈在抽泣，爸爸说："钰儿很坚强，很快就会好起来的！"王钰想睁开眼睛看一看爸爸、妈妈，但是怎么也睁不开。

周围十分安静，一点儿声音都没有。王钰心想："刘文浩在干什么？他会想我吗？"这时，她感到有人靠近了她，轻轻地吻了一下她的额头。哦，文浩来了！她多想和文浩说说话啊！

刘文浩每天晚上下班之后都会来看王钰。王钰好几天都睁不开眼、说不出话，让他很心疼。晚上十点以后，来看望王钰的人渐渐地少了。刘文浩坐在床边，说话给王钰听。他希望王钰能够听到他的话，早点儿醒来。

夜里十二点了，医院里十分安静。刘文浩坐下来，看着王钰说："王钰，你已经睡了三天了，该醒了！你是不是平时太忙，没工夫睡觉，这回要睡个够？差不多了，快醒来吧！这是我今天下午画的画，上面有两只蝴蝶，一只是你，一只是我。"这时，他看见王钰的眼皮动了一下，嘴角也动了一下，像是在笑。

紧接着，王钰睁开了眼睛。两个人都笑了！刘文浩俯下身去，对着王钰的耳朵轻轻地说："你睡了三天了，都快把我给吓死了！"王钰轻轻地把刘文浩推开："我看你根本就没有被吓着，每天都说很多话！"刘文浩傻傻地笑着说："我说的话，你都听见了？"王钰："听见了，就是不想理你！"

刘文浩有些着急："怎么，你不想理我了？"王钰笑了："看你急的！我想看你，却睁不开眼。我想和你说话，却张不开嘴。现在好了，把你画的画让我看看！"

于是，刘文浩便把自己画的画拿给了王钰。王钰看着画，笑了起来："文浩，你画的是什么呀？你把我们比作梁山伯与祝英台了呀！我不想死，不想变成蝴蝶！我要你娶我！"

刘文浩也笑了："我就是随心所欲地画了画，表达一下对你的思念。"

王钰："文浩，谢谢你对我的爱！"

刘文浩给王钰讲了对她进行营救的过程，王钰十分感动。她想赶快出院去好好工作，以优异的成绩来报答大家的关心和帮助。在刘文浩的搀扶下，她在病房里走了几圈儿，感觉身体恢复得不错，想到外面去走走。这时，护士进来了，说王钰身体还比较虚弱，不宜到室外去活动。

王世安得知王钰已经苏醒了，长长地舒了一口气。他打电话给指挥中心的主任，让他通知其他领导，同他一起到医院去看望王钰。

王世安刚一推开病房的门，便大声说道："王钰啊，我就知道你一定会醒来！还有很多工作等着你去做呢！"

王钰坐了起来，俏皮地说："报告各位领导，我睡醒了，马上就能出院了！"

王世安看着王钰说："睡醒了就上班！这样的同志，我们欢迎！只怕有人会不高兴哟！"大家都知道了王钰和刘文浩的关系，都冲着他们俩笑了起来，笑得王钰羞红了脸。

等大家笑够了，王世安看了一眼政委，认真地说："王钰现在还不能出院，完全恢复了才能上班！政工部门要搞好宣传，号召全体民警向王钰同志学习！"

政委和其他领导纷纷点头表示赞同。王钰一脸严肃地说："这是我应该做的！"

政委半开玩笑地说："局党委的意见，我们必须服从！你的意见嘛，可以保留！"

把领导们送走之后，王钰坐在床上，回忆着那一个个惊心魂魄的场景。这时，她想起了胡秋萍和张云武。胡秋萍刚参加工作一年多，没有实战经验。作为一个女民警，她要同男民警一起跋山涉水地搜捕罪犯，十分不容易。张云武作为搜捕小组里唯一的男民警，肩上的担子十分沉重。想到陈东强，她也十分感动——要不是陈东强及时给她敷草药，她就没命了。

过了一会儿，洛源派出所的民警们也来看望王钰了。看见王钰已经好了，大家喜极而泣。胡秋萍坐在王钰身旁，拉着王钰的手，抽泣着对王钰说："王副所长，你好了，我们大家都很高兴!"

王钰安慰了胡秋萍几句，然后高兴地对大家说："我已经好了，又可以跟大家在一起了!"大家异口同声地说："我们是永不凋谢的红杜鹃!"红杜鹃是洛源百姓最喜爱的花。每到春季，盛开的红色杜鹃花便会把洛源打扮得分外妖娆。

这时，刘文浩推门进来了——他是来接王钰出院的。王钰连忙介绍说："文浩，这是我的……"

还没等王钰说完，大家就七嘴八舌地议论起来，病房里一片欢声笑语。

刘文浩向医生和护士们鞠了个躬，感谢他们的精心医治和护理。一名护士打趣地说："刘主任，没有你，王副所长是不可能这么快就痊愈的。"大家笑着送王钰和刘文浩走出了病房。

刘文浩认为，他与王钰之间的爱情通过这次血与火、生与死的考验，已经坚不可摧了。刘文浩觉得，应该毫不犹豫地告诉贺家，他已经爱上了王钰，并且把贺秋枫送给他的奔驰车还给贺家。

贺秋枫送给刘文浩的车，刘文浩一次也没有动过，只有方成仁借用过几次。周末，刘文浩叫方成仁开着车，同他一起去贺家还车。出发前，刘文浩给贺冬梅打了个电话。于是，贺秋枫、李学姝和贺冬梅便都在家里等着刘文浩了。刘文浩和方成仁进门后，贺秋枫他们一家人又沏茶，又端果盘，十分热情。

刘文浩喝了几口茶，语气和缓地说道："贺总，谢谢你的好意！这是车钥匙和行驶证……车子就停在楼下。我今天是专门来送车的。"说完，他把车钥匙和行驶证放在了茶几上。

贺冬梅听了刘文浩的话，哭着跑进了卧室。李学姝站起来，严肃地说："文浩，你误解我们了。你这样做，伤害了我们全家。你会后悔的！"说完，她便去安慰女儿了。

贺秋枫阴沉着脸，十分恼怒地吼道："刘文浩，你真不识抬举！立即给我滚出去！"

刘文浩立即站起身来，拂袖而去。

方成仁没有走。为了劝说贺秋枫、李学姝和贺冬梅，他在贺家待了一个多小时。贺秋枫、李学姝和贺冬梅听了方成仁的一席话，平静了许多。

刘文浩离开贺家之后，如释重负。他庆幸自己头脑清醒，没有被贺家的财富迷惑。

一出院，王钰就上班去了。人口管理、交通管理、消防管理、场所管理、枪弹管理、案件查办、毒品查缉、维稳调解……工作任务多如牛毛。民警们个个忙得"连轴转"。年底，县委、县政府和上级公安机关对派出所的工作进行了考核，工作组来了一批又一批。王钰成竹在胸，应对自如。她那如花似玉的脸上总是带着微笑，轻快的脚步总是充满了自信。人在热恋中释放出来的能量是难以想象的，什么问题都能迎刃而解。洛源派出所的民警们在王钰的影响下，都在努力、认真地工作着。

派出所的工作千头万绪，十分复杂。一到年底，各级公安机关都要派工作组到派出所来检查。这时，派出所的民警们就会忙得不可开交。

吃完午饭，王钰送走了最后一个工作组的领导，舒了一口气。她哼着小曲，欣赏着办公桌上的兰花。这时，刘文浩站在门外，满脸笑容地看着王钰。王钰听到电话铃声，伸手去接电话时，才看到刘文浩。

等王钰接完电话，刘文浩从公文包里取出一张纸，递给了王钰。他十分严肃地说："这是我们的结婚申请书，签个名吧！"

王钰笑着把结婚申请书拿在手里，看了一遍又一遍。她看了刘文浩一眼，然后把目光转向了办公桌上的兰花。刘文浩不知道王钰在想什么，也看了看办公桌上的兰花，自言自语道："花快开了！"

王钰有些伤感地轻声说道："花开了，就快要谢了！"

刘文浩听出了王钰的言外之意，忙说："花谢了，还会再开！"

王钰说："花谢了，还会再开，可是女人的青春只有一次……"

刘文浩知道王钰是个事业心很强的人，担心她因此而拒绝马上结婚，忙安慰道："只要我们共同呵护，就会青春永驻。"王钰淡淡地笑了笑，说："但愿如此吧！"

与此同时，胡秋萍和张云武也相恋了。张云武二十八岁，毕业于沈阳刑警学院，参加工作五年了。在此之前，他谈过两次恋爱，都没有成功。第一次谈恋爱的时候，他和女朋友约好了下班后一起吃晚饭，然后一起看晚上八点钟的电影。下午，张云武讯问犯罪嫌疑人，下班了还没有问完，于是晚上七点钟才赶去赴约。他和女朋友一起草草地吃完晚饭，便去看电影了。在去电影院的路上，他接到了单位同事打来的电话。同事说，发生了一起重大的命案，要他立即赶往现场。他的女朋友十分生气，再也不和他约会了。过了一段时间，他又谈了一次恋爱。姑娘认为张云武有正义感，又懂得疼人，很喜欢他。谈了半年，姑娘见张云武风里来、雨里去，没日没夜地工作，太辛苦了，根本就无暇顾家，便依依不舍地和他分开了。

胡秋萍的父母感情不好，在胡秋萍刚考上大学那年便离异了。胡秋萍的父亲以前是县运输公司的客车驾驶员，在一次长途客运中结识了一个“坐台小姐”。离婚后，他和那个“坐台小姐”一起开了一个娱乐城。胡秋萍的母亲在县文化馆工作，至今单身。胡秋萍二十四岁，毕业于朝阳师范学院音乐教育专业，后来被安排到了洛源派出所。胡秋萍与张云武患难与共，在工作中产生了感情。

国庆期间，县公安局要搞一台警民联欢的节目。黄德培政委亲自打电话给王钰，让洛源派出所出两个节目。王钰有些着急，便找胡秋萍商量了一下。想不到，胡秋萍满口答应了，说可以唱两首歌。

联欢晚会开始以后，轮到洛源派出所出节目了。胡秋萍走上台去，刚一亮嗓子，就引来了全场的喝彩。晚会结束以后，刑警大队的大队长田毅追上了张云武和胡秋萍，大声说道：“张云武，小胡唱歌这么好听，以后就让她天天唱给你听吧！”

张云武不好意思地说：“小胡唱歌是好听，可也不能当饭吃呀！”

田毅半开玩笑地说：“我是说，你们两个抓紧把婚事办了吧！以后再开联欢会，小胡代表警嫂唱支歌，我的任务就完成了。”

胡秋萍有点儿害羞地说："承蒙田大队长信任，我尽力而为吧！"

田毅高兴地推了张云武一把："你小子真有福气！快去吧，不耽误你们的时间了。"说完，田毅站在原地，满意地望着两个人远去的背影。

通过一段时间的考验，王钰和刘文浩已经是心心相印了。在王钰眼中，刘文浩是一个近乎完美的男人。在刘文浩接触的女人当中，王钰最不放心的就是贺冬梅。为了达到目的，贺冬梅总是不择手段。

王钰与贺冬梅在同一所中学念过书，贺冬梅比王钰高一个年级。贺冬梅上高中时表现十分突出，很要强。她很爱出风头，为了抢到想要的东西，从来都不计后果。

刘文浩十分尊重王钰，到王钰家正式提了亲。国庆节放假，刘学峰和张怡没有安排别的事，专门去了王家一趟。作为普通教师，王玉甫和杨云锦只有在电视新闻中才能见到县委书记。如今，县委书记亲自登门拜访，这让王玉甫和杨云锦多少有些紧张。刘学峰和张怡是领导干部，王玉甫和杨云锦是普通教师，社会地位不同，但是丝毫不影响他们之间的关系。他们没有坐专车去，着装也很朴素，没有半点儿架子。他们如此有亲和力，才使得王玉甫和杨云锦放下心来。

双方的老人你一言、我一语，谈得很投机，把王钰和刘文浩的婚期定了下来。

天黑了，刘文浩和王钰坐在刘文浩家卧室的地毯上，一边喝着咖啡，一边商量着婚礼的事。卧室比较大，足有十八平方米，里面有一张双人床、一张写字台、一个衣橱和一个大书柜，写字台上摆着刘文浩和王钰的合影。照片中的刘文浩和王钰相互依偎着，幸福地微笑着，十分甜蜜。

刘文浩站起来，为王钰倒了一杯咖啡。王钰慢慢地饮了一口咖啡，闭上了眼睛。

刘文浩的心脏狂跳起来，情不自禁地把王钰紧紧地搂在了怀中……

隆冬时节，横断山区天寒地冻，寒风呼呼地刮个不停。刘学峰担心大雪封山，一散会就和张怡一起乘车往洛水赶了。

张怡见坐在后排的刘学峰表情凝重，便知道他心里在想什么了。刘学峰在开会期间得知，新一届领导班子中没有他。他知道失去这次机会意味着什么——他有可能就此退居二线，在正处级的岗位上退休。不过，他一没送礼，二没跑官，问心无愧。

这段时间，贺冬梅看到刘文浩与王钰越走越近，万分焦急，在家里又哭又闹。贺秋枫和李学姝想了很多办法，都无济于事。贺秋枫知道了刘学峰的情况，就像棋手突然发现了能起死回生的一着妙棋。贺秋枫想，只要想办法帮助刘学峰升了官，就不信他不支持刘文浩和贺冬梅的婚事。

那么，怎样才能帮助刘学峰升官呢？只有去找省委的领导了！这些年，贺秋枫在官场与商场之间游走，深知其中的奥妙。

于是，为了刘学峰，贺秋枫想尽了办法……在省委组织部发给朝阳市委的电文中，刘学峰被任命为市委常委、常务副市长。

刘学峰不愧是久经沙场的“老将”，不露声色地欣然接受了任命。

春节前，县委、县政府组织召开了团拜会，邀请了各界代表。贺秋枫作为企业界的代表，应邀参加了团拜会。酒过三巡，与会的代表争相来到刘学峰的面前敬酒。这时，贺秋枫端着酒杯走到刘学峰身旁，不紧不慢地说道：“刘书记，我敬你三杯！一杯祝你喜事盈门！二杯谢你厚爱有加！三杯请你继续关照！”说完，他连喝了三杯酒。刘学峰听出了贺秋枫的弦外之音，笑了笑，没说什么。

果不其然，团拜会后，贺秋枫便到桂园去给刘学峰拜年了。进门后，贺秋枫先看了看有没有外人。刘学峰说：“张怡、刘文浩都不在家，只有我一个人。”

刘学峰坐下来，面无表情地递给贺秋枫一支烟，自己也抽起烟来。贺秋枫吸了一口烟，眨巴着眼睛，十分诡秘地说道：“刘书记，让你到市政府去工作，是我送给你的一份春节贺礼。今天，我没带什么拜年的东西，只带了文浩和冬梅在洛水的房产证和房门钥匙，请你收下。”说完，他从衣服兜里拿出房产证和钥匙，放到了茶几上。

刘学峰听着听着，怒火中烧：“贺秋枫，你想干什么？为什么背着我干这些事？”

贺秋枫早就料到刘学峰会发怒了，不慌不忙地说：“请刘书记息怒！我本想先向你请示，但是时间太紧，来不及。”

刘学峰怒气未消：“人在做，天在看！”

贺秋枫依然十分镇静。他一边吸烟，一边慢条斯理地说道：“现在是冬天，乌云密布，老天爷看不见。文浩和冬梅结了婚，我们就是一家人了。在冬天里，一家人应当抱团取暖！”

刘学峰严厉地说：“跟谁结婚，是刘文浩自己的事，我不管！”

贺秋枫耸了耸肩，阴阳怪气地说："你的任命已经下来了，木已成舟！我们现在是一根线上的蚂蚱！要是事情败露了，我们都得玩儿完！希望你能在离开洛水之前，把文浩和冬梅的婚事给办了。"然后，贺秋枫把给省委主要领导送礼的事情告诉了刘学峰。

刘学峰长长地叹了一口气，瘫坐在了沙发上。

刘学峰把贺秋枫和他说的事情告诉了张怡和刘文浩之后，临时决定到朝阳去过春节，一家人在一起商量一下对策。当夜，他们一家三口乘火车离开了洛水。第二天上午十一点，他们到达朝阳以后，赶紧到沃尔玛超市去买了些食品。

雅园一号与其他小区一样，张灯结彩，充满了节日的气氛。他们三个人把手机都关掉了，断绝了与外界的联系。三十晚上，张怡多做了几个菜，但是大家都没有胃口，吃了几口就放下了筷子。饭后，刘学峰用遥控器把电视关了，几次欲言又止。张怡见丈夫有话要说，便鼓励他"有话就说出来，不要憋在心里"。刘学峰想了想，终于鼓起勇气说："我想向组织说明一下情况。"

"不行！"张怡和刘文浩都表示反对。于是，刘学峰又想了想。此事涉及省委领导，必须慎重。刘文浩也很痛苦，因为他和王钰的婚事会受到贺家的百般阻挠。张怡见丈夫和儿子如此痛苦，心里十分难受。

七天很快就过去了，他们还是没有想到好的对策。刘文浩见父母几天的时间就变得苍老了许多，心如刀绞。最后，他下定决心，答应了与贺冬梅的婚事——这是唯一的选择。只是，他不知道该如何面对王钰。他把这个想法告诉给父母之后，一家三口哭成了一团。

刘文浩毕竟涉世不深，无力摆脱世俗的束缚。为了父母的健康，他宁愿牺牲自己的爱情。春节过后，他会择日与贺冬梅结婚。办理结婚登记手续之前，他会到王钰家去说明情况，请求宽恕。

离开桂园之后，王钰一直处于亢奋状态。工作之余，她专门跑到大商场去购置了床上用品和新娘装。

县公安局的领导得知她就要结婚了，特意批准她回家过年，不用值班了。刚到洛水，她就听到了刘学峰升迁的消息。她想找刘文浩商量一下婚礼的事情，但是刘文浩的电话关机，怎么也联系不上。她往县委的值班室打了个电话，得知刘文浩春节期间不值班。白天，桂园的别墅大门紧锁，这让王钰有些心慌。

按照当地的习俗，刘文浩应该到王钰家拜年，但是七天的假期，都没见刘文浩的影子，实在是让人不免生疑。

春节一过，上班的第一天下午，刘文浩就到洛源派出所来找王钰了。他想当面向王钰表示歉意，然后再登门去向王钰的父母赔礼道歉。到了派出所，他才知道王钰带着民警们出警去了。于是，刘文浩便跑到了现场，看见派出所的民警们正在劝导一名要跳河的女子。在劝阻无效的情况下，王钰派人迂回到女子背后，想趁其不备将其救下。就在这时，意外发生了，那名女子纵身跳入了冰冷的河水。水流湍急，女子被打捞上来的时候，已经是无药可救了。

刘文浩亲眼目睹了救人的整个过程，不由得打了个寒战。得知那名女子因为失恋才寻了短见，他便不敢再和王钰说什么了，转身回洛水去了。

当晚，刘文浩辗转反侧，不知该如何面对王钰。他害怕王钰经受不住失恋的打击，发生意外。第二天，他找到了赵静，谈了自己的想法，然后用手机给王钰发了一条短信：“事出有因，无力回天！我们分手吧！愿你幸福快乐！”

王钰在现场进行处置时看见了刘文浩，但是因为太忙，没有和他打招呼。回到家里，她十分劳累，马上就睡着了。

第二天上午十点多，王钰才起了床。这时，她听到了手机短信的提示音，忙打开手机来看了看。看了刘文浩发来的那条短信，她心里乱极了。这几天找不到刘文浩，她就预感到出事了。她相信，刘文浩不把事情向她说明白，一定是有难言之隐。分手可以，但是如何跟她的父母解释呢？

刘文浩知道自己错了，伤害了王钰和她的父母，愿意接受谴责和批判。他第一次发现自己很软弱，在权势面前低下了头。他第一次发现自己很无能，对不良的习俗束手无策。

王钰也在检讨自己，把父母的训诫当作了耳旁风。她责怪自己身为警察还感情用事，不能控制自己的情绪。

刘文浩和王钰都坚信他们的爱情是纯真的，是经得起考验的。他们都怀念着过去的美好时光，幻想着能够出现转机。他们把想说的话写成了短信，用手机发给了对方。双方几乎同时收到了短信，短信的内容也几乎是一样的：

> 你是彩蝶花丛飞，我是蜜蜂采花蕊。你边笑边舞多妩媚，我边唱边飞多陶醉。你飞过千山万水，我常伴左右总相随。错过花期无所谓，今生无缘不后悔。但愿春来再相会，成双成对花海里追。

看着短信，两个人都哭了。他们就像两只相恋的蝴蝶，冬天来了，不得不伤心地分手。

他们真的是心心相印、难舍难分的一对情侣啊！

赵静把刘家同意与贺家结为亲家的消息告诉了李学妹，贺家人都十分高兴。贺秋枫考虑到刘学峰就要走马上任了，提议把婚期定在2月28日，并提议两家联合举办婚礼。婚期的事，刘家没有反对。但是，他们不同意两家人联合举办婚礼。刘家人知道，贺秋枫平时就财大气粗，一定会把婚礼搞得很铺张。于是，他们找了个理由：按照乡俗，各办各的。

贺秋枫和李学妹商量了一下，决定办一场有声有势的婚礼。他们要到重庆最出名的婚庆公司去请人策划和主持婚礼，到成都去请四川最出名的厨师来掌勺，到北京去买最好的嫁妆。

按照乡俗，贺家要在头一天办婚礼，在锦宏大酒店准备了一百多桌酒席。

奇怪的是，开席的时间到了，来赴宴的人却很少。原来，贺秋枫平日里从来不登亲戚朋友的门。亲戚朋友们遇到了困难，他从来都不伸手帮忙。这样一来，亲戚朋友们当然是“不请就不到”了。贺秋枫平时对员工很苛刻，迟到一分钟就要扣一天的工资。员工们病了，他从来都不去看望。所以，员工们不参加婚礼，也是正常的。

贺秋枫很尴尬，也很恼火。宴席散了之后，他叫人把剩下的几十桌山珍海味都给扔掉了。

与贺家正相反，刘家很低调，没有公开请客吃饭，只请了县委的几个常委和县医院的几个领导，还有刘文浩的几个同事。

强扭的瓜不甜！婚礼结束之后，贺冬梅品尝到了这句俗语的滋味。闹新房的人都走了之后，别墅里只剩下刘文浩和贺冬梅了。贺冬梅挽着刘文浩的手，走进了卧室。贺冬梅到浴室里去洗了个澡，抹了香水，穿着睡衣上了床。

刘文浩不言不语，平静地坐在书房的写字台前看起书来。

半个多小时过去了，贺冬梅还不见刘文浩来卧室，便硬把刘文浩从椅子上拉起来，让他去洗澡。刘文浩顺从地到浴室里洗了个澡，和衣倒在床上，却碰都不碰贺冬梅。贺冬梅心想，刘文浩大概是累了，先美美地睡一觉再说吧。

可是，半个月后，刘文浩还是对贺冬梅不理不睬。贺冬梅心想，刘文浩也许是刚跟王钰分手，还不能接受她。是啊，刘文浩的心还在流血，哪有心思与贺冬梅寻欢作乐啊！

贺冬梅开始责备自己操之过急，没给刘文浩喘息的时间。于是，她强迫自己安分守己地睡在一边，不哭也不闹。

又过了几天，贺冬梅便想一个人出去旅游一段时间了，好让刘文浩安心地休养一段时间，调整好心情。于是，她找了个理由到法国去考察了一趟。

贺秋枫和李学姝劝刘文浩与贺冬梅一同前往，刘文浩推说单位工作繁忙，挤不出时间，婉言拒绝了。

贺冬梅不懂法语，又没有跟着旅行团，所以下了飞机之后就迷路了。她一个人在巴黎的大街上闲逛了几天，实在觉得无聊，就买了张机票回国了。到了北京，她混了十天，便又坐飞机去了丽江。丽江是旅游的天堂——她去了古城和玉龙雪山……

最后，她实在无聊，就又乘客车去了大理。到了蝴蝶泉边，一只蝴蝶也看不到，她很扫兴，便在情人湖畔住了下来。

大理的情人湖边野花遍地，使得一对对情侣流连忘返。晚上，贺冬梅躺在情人湖酒店的床上，听着窗外波浪拍打岸边的声音，辗转反侧。

第二天醒来，贺冬梅立即去了机场，临时买了一张机票。

她多想快一点儿回到洛水啊！在昆明，她给刘文浩发了一条短信，写明了到达的时间，要刘文浩开车到机场去接她。

贺冬梅在川南机场下了飞机，拉着一只大皮箱，肩上还挎着一个包。她走出了机场，但是没有见到刘文浩。她在原地徘徊着，等待着刘文浩的到来。

本次航班的乘客都走光了，只剩下她一个人孤零零地站在那里。她有些沮丧地打了一辆出租车，让司机送她去长途客车站。坐在长途客车上，她开始责备自己：刘文浩工作很忙，不应该让他来接她。

贺冬梅坐了三个多小时的长途客车，终于到了洛水。下车之后，她匆匆忙忙地往家赶，终于走到了自家的别墅门前。她轻轻地敲了几下门，没有动静。她想，刘文浩一定是在和她开玩笑。

于是，她掏出钥匙，打开了门。

一进门，她就傻眼了——屋子里空无一人。她失望地走到屋里，一屁股坐在沙发上，号啕大哭起来。家里的一切陈设都跟她离开时一模一样，没有人动过。也就是说，她离开洛水之后，刘文浩就没回过家。盛怒之下，她发疯似的跳起来，一脚把皮箱踢到了墙角。然后，她冲进卧室，倒在床上继续哭泣。哭累了，她便睡着了。一觉醒来，已经是第二天中午十二点钟了。

贺冬梅失魂落魄地推开父母家的门，吓坏了正在吃午饭的李学姝。李学姝放下筷子，把贺冬梅扶到沙发上，问："冬梅，什么时候回来的？怎么啦？到底发生了什么事情？"贺冬梅垂头丧气地仰靠在沙发上，什么也不说。李学姝明白了，女儿是受了委屈。于是，她叫保姆给贺冬梅端过一盆水，洗了洗脸，然后做了两个贺冬梅爱吃的菜。

贺冬梅一点儿胃口都没有，刚吃了两口就离开了饭桌。她开始反思自己与刘文浩的婚姻了。从认识刘文浩，到与刘文浩举行婚礼，再到今天，她感觉自己什么也没有得到。刘文浩对她的漠视，她可以接受。她相信，日子久了，刘文浩是一定会“热乎”起来的。男人嘛，只要喜欢上了女人的肉体，就会乖乖地听女人的话。于是，她在父母家吃完晚饭，便回家去了。

这些天，王钰一直在家里陪父母。她躲进卧室，靠看书打发时间。刘文浩和贺冬梅结婚那天，王钰几乎要崩溃了。杨云锦抚摸着王钰的双手，安慰着王钰，叫她想开些。王钰听了妈妈的话，情绪渐渐地平稳了下来。

王钰每天都很忙，勤勤恳恳地工作着。空闲下来，她便和民警们一起看电视。刘文浩和贺冬梅结婚后，她和刘文浩就再也没见过面。其实，刘文浩的处境也很糟。最近一段时间，他每天都在痛苦中煎熬着。贺冬梅名义上是他的妻子，实际上还不如一个陌生人。每天晚上，她都变着法儿地引诱刘文浩，企图让他兴奋起来，与她同床。但是，刘文浩一闻到她身上那股刺鼻的香水味就恶心。要想摆脱婚姻的束缚，其实并不难，但是复杂的社会关系和传统的道德观念像千万条无形的绳索一样紧紧地束缚了他的手脚。

2007 年，洛水县的春天来得比往年要晚一些。已经是 3 月了，岸边的杨柳才吐出新芽。

天亮了，小鸟在光秃秃的枝头鸣叫着。王钰被吵醒了，揉了揉眼睛。前一天晚上，她讯问犯罪嫌疑人，凌晨三点钟才休息。这时，办公室的电话响了。她连忙爬了起来，披上衣服，跑去接电话。

电话是县公安局指挥中心打来的，通知王钰立刻赶到局里去开会，有重要的警卫任务。她洗漱完之后，便开着警车出发了。她手握方向盘，哼起歌来。

每次有官员来洛水，县公安局都要派出足够的警力做好保卫工作。这次的保护对象是省、市级的官员，主要是到洛表、洛亥和洛旺三个村子去考查工作。官员中有不少女干部，洛源又是考查的重点，所以洛源派出所的民警们必须全力做好警卫工作。

会议结束后，王钰见时间还早，便到医院去检查了一下身体，结果发现自己已经怀孕三个多月了。王钰又惊又怕，怀着十分复杂的心情回到了家里。母亲见王钰闷闷不乐，问她是不是工作上遇到了难题，王钰轻轻地摇了摇头。王钰知道，纸里包不住火，她肚子里的孩子一天天地长大，总有一天会被人发现。可是，刘文浩与贺冬梅已经结婚两个多月了，该怎么和刘文浩说呢？

王钰走进卧室，平躺在床上，眼泪不断地往外流。孩子是刘文浩的，如果告诉了刘文浩，就有可能留住与刘文浩的感情。如果放弃了孩子，就意味着她与刘文浩之间的关系彻底断绝了，可以保全她的名誉。到底何去何从，她暂时还下不了决心。

王钰觉得，自己无论作出什么决定，都应该跟父母说一声，好让两位老人放心。警卫工作十分特殊，她吃完中午饭就得回洛源去。快要吃饭的时候，王钰终于鼓起勇气，平静地把事情的原委告诉了父母。

听了王钰的叙述，王玉甫和杨云锦惊呆了。他们不敢相信自己的女儿会做出未婚先孕的傻事。女儿肚子里的孩子是留还是不留，他们也拿不出主意来。一家人都放下了碗筷，吃不下任何东西。

晚上十点钟的时候，锦宏大酒店接到通知，酒店被临时征用两天，所有客人都必须在第二天中午之前退房。

第二天下午五点半钟，一个足有八十余辆车的车队由警车开道，徐徐地驶入了锦宏大酒店。由于车速缓慢，几十辆车堵在了街道上。周围的百姓已经习以为常了，但是县公安局的领导不敢大意，紧急调来了大批民警，将行人和车辆隔离开来。

王钰对警卫工作格外小心，每一个细节都根据县公安局的总体要求进行了周密的安排。在考察组到达之前，她与执勤的民警们进行了沟通，确认安全措施到位了之后，才放下心来。

考察组的领导们准备乘车离开时，刘学峰主动伸出手来与王钰握了握手，并且意味深长地说："你好！让你受苦了！苦尽甘来，一切都会好起来的！"王钰轻轻地点了点头，眼里噙满了泪水。

考察结束后，领导们在县城召开了座谈会。开会时，刘学峰不停地做着笔记。市委的领导已经向刘学峰打过招呼了，考察活动一结束，就让他到市政府去报到。刘学峰本想借此机会多说几句，但是左思右想，还是放弃了。他陪领导们吃完晚饭，便独自回家去了。

他刚到家，贺秋枫就来找他了。寒暄了几句之后，贺秋枫客气地说："晚上还来打扰你，真是不好意思！我没有别的事，就想听一听领导们有什么新指示、新精神，以便及时地学习和贯彻。"刘学峰看了贺秋枫一眼，漫不经心地说："新精神很多，以后再传达吧！"

贺秋枫见状，只好直奔主题了。原来，他真正想了解的是与开发矿山有关的情况。刘学峰只是搪塞了几句，不愿意和他多谈。于是，贺秋枫有些谄媚地说："开发矿山是一个大工程，县里为此做了大量的工作。我们民营企业有能参与的项目吗?"

刘学峰明白贺秋枫的意图，只是笼统地说："开发矿山的项目由省里统规统建，并且统一招标，市里的领导不便参与。"

贺秋枫见刘学峰总是回避，只好单刀直入了："进场公路是由县里负责的，能不能让我来搞这个工程呢?"刘学峰知道，这才是贺秋枫来找他的主要目的。进场公路全长五公里，都是二级公路，有一多半是桥梁。这个工程难度大，需要投资两亿元左右，是一块不小的肥肉。刘学峰知道，刘文浩与贺秋枫的女儿贺冬梅结婚以后，日子过得很糟糕，离婚是早晚的事，所以他不想再与贺家有太多瓜葛。不过，他不想马上就撕破脸皮。于是，他直言相告："你是知道的，我很快就要离开洛水了，已经没有时间去解决与矿山工程有关的问题了。你可以去找一找县里的领导……"贺秋枫就这样被刘学峰拒绝了。他虽然很不爽，但是也不好再纠缠，只好悻悻地离开了。

横断山区的老百姓们盼星星、盼月亮，只盼着赶快脱贫。"西部大开发"和"扶贫攻坚"的号角吹响了之后，他们十分兴奋。

洛水县的水利资源、矿产资源和旅游资源都十分丰富，脱贫指日可待。县委、县政府向全县的干部、群众发出了"抢抓机遇、创新发展，脱贫奔小康"的动员令。洛源镇作为洛水县三大资源的富集地，紧锣密鼓地展开了开发和建设。

刘学峰离任后，孔志开如愿以偿地接任了洛水县的县委书记。郭军本应顺理成章地担任县长，但是有人认为他思想过于保守，不适合担任地方的主要领导。于是，他被调到市供销合作社去当主任了。县长名叫张兴炜，是从外地调来的，比孔志开小六岁。

年轻的县委书记和县长干劲儿十足，把发展放在了第一位。他们都很精明，知道关键时刻要舍得“出血”。贺秋枫最了解新书记和新县长的心思，提出垫资建设洛表、洛亥和洛旺。

春夏之交，气温急剧上升。锅底村的庄稼绿油油的，长势喜人。樱桃熟了，水灵灵地挂在树上，馋得人直流口水。

去年，罗哥的女儿罗成凤回家料理完哥哥罗成辉的后事之后，又去打工了。可是，她这一去就是一年多，音信皆无，电话总是关机。罗哥往女儿在深圳打工的那家制衣厂打了个电话，对方说罗成凤请假未归。女儿下落不明，家里家外只好靠罗哥一个人来操持了。罗哥一大早就把孙子托付给邻居照看，然后便到自家的责任田里去了。快到中午的时候，他拔完草、施完肥，正在摘樱桃，忽然听到了一阵“轰隆隆”的声音。他定睛一看，是三辆推土机驶进了他家的责任田，正在碾轧玉米苗。

罗哥非常愤怒，冲到其中的一辆推土机前面，大声说道：“停下！你们是什么人？怎么这样糟蹋我的庄稼？”说完，他还骂了两句。

这时，从庄稼地里蹿出来十多个手臂上戴着红袖标的人，强行把罗哥塞进了一辆面包车。

三台推土机和开推土机的三名驾驶员都是锦宏集团工程

队的。周围的村民看到了这一幕，不约而同地提着锄头赶了过来。他们将面包车团团围住，想要救下罗哥。

就在这时，有人报了警。洛源派出所接到了县公安局指挥中心的指令，王钰带领五名民警赶到了现场。在现场，大家还在僵持着。王钰安排民警查明了情况，准备酌情处理。

据了解，县里要求锦宏集团在年底之前完成从洛源到洛表、洛亥、洛旺的二级公路建设，为矿山开发工程打开通道。锦宏集团的人为了节省时间，决定一边设计、施工，一边办理手续。半个月前，县国土局派人到村里来与村民们协商过用地问题，但是村民们对“只赔种子、肥料钱和按照山地的标准赔偿征地费”表示不满，要求等收了庄稼再施工，同时按照“良田标准”一次性付清征地费。但是，对于村民们的要求，县里没有同意。于是，为了让锦宏集团按时施工，县国土局决定强行征地，这才上演了前面那场闹剧。

王钰用手机向王世安局长汇报了情况，王局长建议锦宏集团暂停施工，并且对罗哥和其他村民进行教育。

天还没黑，罗哥就从派出所回到了锅底村。他跑到责任田里，看到被轧烂的玉米苗，老泪横流。

天黑了，罗哥只好拖着疲惫的身子向家里走去。他从邻居手里接过了已经吃饱喝足的孙子，道了声谢。他走进自家的屋子，无心做饭，茫然地看着窗外。

不能坐以待毙！回到家，他找来几个雷管，插到绑在身上的炸药里，用电线连接上点火开关，然后披上一件破旧的棉大衣，来到了自己的责任田里。他坐在推土机的驾驶舱里，准备与推土机同归于尽。村民们见状，打电话报了警。

接警以后，王钰立即向县公安局和县委的领导作了汇报。她带领民警，同镇党委书记李学胤一起火速赶到了锅底村。

罗哥歇斯底里地又哭又唱，情绪已经失控了。王钰和李学胤立刻向推土机走去。罗哥看见了他们，便大声吼道："你们来干什么？来为我送行吗？"

王钰劝罗哥冷静点儿，有什么话可以跟她说。罗哥见王钰和李学胤快要走近了，便大喊大叫起来："不许靠近！再走一步，我就引爆炸药！"

罗哥手里的开关已经通了电，绿灯和红灯交替闪烁着。他只要用手指一按开关，就会车毁人亡。

王钰毫不退缩，站在推土机旁边苦口婆心地劝罗哥放弃轻生的念头。罗哥见王钰挺着大肚子，心软了："王警官，你不要命了吗？我听你的，不炸了！"说完，他松开了手，扯掉了电线。

为了防止罗哥情绪再次失控，王钰决定带他到派出所去，继续做疏导工作。罗哥到了派出所，以为公安机关要处罚他，便大闹起来。他从大衣的领子里扯出一个雷管，衔在嘴里，进行威胁。

王钰十分镇定地劝说着罗哥，缓解了他的情绪。罗哥慢慢地冷静了下来，把嘴里的雷管交给了王钰。王钰说得口干舌燥，连续喝了两杯冰水。

罗哥的口也干了，要水喝。于是，王钰给他倒了一杯水。罗哥十分感动地对王钰说："王警官，你太善良了，我不能害你！"说着，他从棉衣的下摆处抠出了一个雷管，双手递给了王钰。

王钰嗔怪地说："罗哥，你的雷管是从哪儿弄来的？上级机关肯定要追查的！"

"这不关你们的事！这是我五年前在丰源水库管炸药时私藏的。我违法了，你们怎么处置我都行！"

王钰请示了王世安局长之后，对罗哥采取了强制措施。

罗哥被关进了洛水县看守所，失去了人身自由，情绪完全失控了。他整天大吼大叫，搞得看守所里不得安宁。医生给他打了三次镇静剂，他才安定下来。

连续几天，王钰都带着民警到看守所里去看望罗哥。罗哥的孙子，王钰已经派人去照顾了。她让罗哥安心在看守所里接受改造，不要胡思乱想。

王钰找到了王世安局长，想让他尽快解决罗哥的青苗补偿费和征地费，好稳定住罗哥的情绪。王世安思考了一下，打电话给县长张兴炜，请他让县国土局先行付给罗哥青苗补偿费和征地费。张兴炜考虑再三，同意了王世安的意见。

一个星期以后，罗哥被放了出来。他手里拿着一个二十八万元的存折，逢人便说“王钰是个好人”。

处理好了罗哥的事情之后，王钰长长地舒了一口气。这时，王钰才感到有些疲惫，到医院去检查了一下。她在医院连输了三天液，以补充能量。

刘文浩每天都在拼命地工作，连星期六和星期天都不休息。他想消耗掉自己的全部精力，好忘掉贺冬梅那无休止的纠缠和失去王钰的痛苦。

2007 年 3 月，刘文浩免费申请了一个“Blog”空间。他的“Blog”界面新颖别致、内容丰富多彩、文字犀利，具有很强的“草根性”。他经常参加官方组织的“Blog”活动，又与好友交换链接，迅速扩大了“Blog”圈子，人气指数一路飙升，很快就成了“意见领袖”。

最近，刘文浩由于焦虑而患上了失眠症。对他而言，每一个夜晚都是漫长的。他的意识有些模糊，经常幻想着王钰朝他走来，说孩子马上就要出世了。从时间上判断，王钰肚子里的胎儿是他的血脉。他很想见一见王钰，又怕给王钰添麻烦，更怕贺家追究，惹出更多的麻烦。

上午，处理完公务，刘文浩在政府网站上看到了洛源派出所发出的信息，内容是“寻求收养罗哥孙子的爱心人士”。他重新编辑了一下这条信息，加入了自己的“Blog”。

于是，询问收养条件和程序的电话接二连三地打到了洛源派出所。经过筛选，王钰决定把罗哥的孙子交给北京的一对夫妇收养。这对夫妇都是博士后，年轻时一心一意搞科研，四十多岁了才结婚，一直过着“丁克”的生活。后来，他们在刘文浩的“Blog”空间里看到了这条信息，才决定收养这个孩子。

半个月后，办理完收养手续之后，王钰派民警罗丽英和张晓莉把罗哥的孙子送到了北京。

近一个月来，罗哥的孙子一直由李婶照顾。王钰一有空就带他出去玩，孩子渐渐地对她产生了感情。罗丽英和张晓莉带着孩子到了洛源火车站之后，孩子在进站口哭着不进站，要去找李婶和王钰。罗丽英从衣兜里掏出几颗糖果放在他手里，才把他哄好了。

罗哥的孙子太可怜了，终于有了个好去处，这让王钰感到十分高兴。回到办公室，她刚坐下，楼下的民警就喊她到值班室去接电话了。她拿起听筒，听到了一个熟悉的声音。是舒潼！她一时无语，不知道该说些什么。舒潼说，他马上要来洛水，王钰未置可否。

王钰放下电话之后，大脑一片空白。她呆呆地在那里站了几分钟，才渐渐地恢复了思维。

一个星期之后，舒潼来到了洛水，在县城的一个茶室与王钰见了一面。舒潼告诉王钰，境外的工作任务已经完成了。这几年，他无时无刻不在想念王钰，希望王钰能够理解他当年的不辞而别。王钰拒绝与舒潼重续旧情，决心独自生活，把孩子生下来，再拉扯大。

再过两个月，王钰就要临产了。尽管李婶照顾得很周到，但是杨云锦还是放心不下。她在王钰的单身宿舍里加了一张床，天天陪伴着王钰。

她见王钰白天上班，晚上还要加班，十分心疼。她反复提醒王钰，要注意休息，不能劳累过度。她经常在晚饭后陪王钰去散步，让王钰多看一看优美的风景，放松一下心情。她一有空就和王钰聊天，告诉她产前应该注意哪些问题。

王钰在计算机前学习计算机应用技术，一坐就是几个小时。杨去锦担心她被辐射，影响胎儿的发育，几次强行关掉了计算机。可是，王钰说这是工作的需要。老太太没有办法，只好托朋友从外地购买了一条防辐射的围裙，让王钰在使用计算机的时候围上。真是“可怜天下父母心”啊！

在为期三年的以“抓基层、打基础、苦练基本功”为内容的“三基工程”建设中，洛源派出所作为公安机关最基层的单位，可谓“重中之重”。王钰带领全所的民警，按照上级公安机关的要求，一面抓基层的基础工作，一面开展“大练兵”活动。王钰是个爱动脑筋、做实事的人，能够创造性地开展工作。她总结了洛源派出所在“三基工程”建设中的得与失，思考了今后的工作重点之后，果断地把“三基工程”建设的重点放在了解决群众问题和洛表、洛亥、洛旺三个村的矿山开发、治安问题上。

在对三个村子的治安问题进行调研时，王钰亲自走访了许多村民，撰写了有数据、有分析、有对策的调研报告。在群众工作方面，她请教了一些老民警和老领导。同时，她吸取了外地公安机关的群众工作经验，学习了上级公安机关有关群众工作的精神，总结了洛源派出所的群众工作经验，认真地整理出了“矿山开发群众工作办法”，供民警学习和参考。她每天挺着个大肚子走在山间小路上，没日没夜地操劳。她知道，一场“维稳大战”就要打响了。时间紧、任务重，她只有拼了。

国庆前夕，王钰早产了。好在，杨云锦和李婶早有防备，安全地把她送到了医院。王钰是顺产，生下了一个大胖小子，母子平安。都说儿子像妈，可是王钰听着儿子响亮的哭声，看着儿子灵动的大眼睛，觉得儿子更像刘文浩。

刘文浩打听到了王钰顺产的消息，知道自己有儿子了，十分兴奋，准备到医院去看望王钰母子。贺冬梅知道了这件事情，十分恼火，冲着刘文浩破口大骂。刘文浩羞愧难当，盛怒之下，狠狠地打了贺冬梅两个耳光。贺冬梅的鼻子被打出了血，捂着鼻子跑回父母家去了。刘文浩铁青着脸，带上自己的行李，回到了县委机关的职工周转房。

星星和月亮挂在夜空中，泛起了迷迷蒙蒙的光。窗外，风与树缠绵，似在低吟浅唱。刘文浩站在窗前，仰望夜空，感慨万千。他反思了良久，发现自己又回到了原点，一切都将从零开始。他与贺冬梅的婚姻，从一开始就是个错误。他与贺冬梅是没有感情基础的，离婚是迟早的事情。他要对王钰负责，让她重新回到他的怀抱中。

刘文浩匆匆忙忙地来到医院，想看一看王钰和孩子。可是，医生告诉他，王钰已经出院了。王钰一定是去了父母家！于是，他马不停蹄地赶到了洛水县第一中学。走到王钰父母家楼下的时候，他犹豫了。他不是害怕王钰的父母责问他，而是怕正在坐月子的王钰情绪上有大的波动，伤了身体。思考了片刻之后，他便依依不舍地离开了。

但是，刘文浩还是心有不甘，想要看一看王钰和孩子。他到商店里去买了一架望远镜，拿到了教学楼的楼顶，正好能看到对面楼五层的王钰父母家。他透过望远镜，仔细地观察着屋子里面的情况。他看到王钰的父亲正在厨房里做夜宵，王钰的母亲正抱着外孙来回走，王钰仰卧在床上。儿子挥动着小手，好像在招呼他："爸爸，快来吧！快来抱抱我吧！"王钰脸色苍白，显得很虚弱。王钰的母亲把孩子抱走了之后，王钰坐了起来，看着枕头，若有所思。刘文浩心想："她在想什么呢？是在想我吗？"

这时，巡夜的保安看到了刘文浩，觉得他形迹可疑，便把他带到了保卫科。保安认为他是在偷窥别人的隐私，或是在踩点儿，准备盗窃别人的财物。刘文浩有口难辩，干脆一句话也不说了。保安查看了他的证件，让他找一个学校里的熟人来为他作证。他不可能找王钰的父母来作证，所以只能告诉保安说，他认识吴校长。

于是，保安便请来了吴校长。吴校长一看到刘文浩，便握住了他的手说："误会了，刘主任！这么晚了，你来学校有什么事吗？"刘文浩满脸通红，不知道说什么好，只好含糊地说："没什么，随便看看！"吴校长见刘文浩有话要说，便把保安支走了，说："刘主任，学校的工作有什么问题吗？请多批评！"

刘文浩哭笑不得，只好如实相告，说自己其实是想去王老师家。吴校长有些疑惑地问："刘主任不是与贺冬梅结婚了吗？还来王老师家做什么？"

刘文浩十分尴尬，支支吾吾地说：“我就是随便走走！”

吴校长恍然大悟，忙说：“刘主任想看什么，就随便看吧！有什么需要转达的，我去对王老师说。”

刘文浩忙说：“没什么，我这就走！吴校长早点儿休息吧！”与吴校长告别之后，刘文浩走出了校门。

贺秋枫可以迫使刘文浩与自己的女儿结婚，但却没有办法让刘文浩爱上自己的女儿。看着女儿日渐憔悴，他毫无办法，胸中的怒火没有地方发泄。他很想找人揍刘文浩一顿，但却不敢——他怕刘学峰和张怡收拾他。他想说服刘文浩，让他回心转意，但却没有耐心。于是，他把时间和精力都用在了挣钱上。他得知在洛表、洛亥、洛旺三个村子开发煤炭资源的项目已获国家批准，总投资近百亿元，建设期为五年，生产期为三十年，年利润三十亿元。他不甘心仅获得两亿元的项目，要集中精力争取在这个大项目中多分一杯羹。李学姝已经退休了，赋闲在家。他要李学姝去找一找县委宣传部的领导，过问一下刘文浩的家庭问题。

于是，李学姝便带着女儿到了县委宣传部。她们敲开了陈忠部长办公室的门，迎接她们的是秘书方成仁。陈忠在开会，还需要半个小时左右才能散会。方成仁热情地接待了她们，又是让座，又是上茶。李学姝本来就对方成仁有好感，于是便把他当作了倾诉的对象，把刘文浩对贺冬梅的所作所为抖搂了出来。说到伤心处，母女俩哭成了一团。听了母女俩的叙述，方成仁脸上露出了一丝不易察觉的表情。

临下班时，陈忠部长才回到了自己的办公室。李学姝她们母女俩一见到陈忠，便号啕大哭起来，闹得县委机关的干部们都知道刘文浩的岳母和媳妇来告状了。陈忠耐心地倾听了母女俩的哭诉，答应找刘文浩谈话，对他进行教育。

山高谷深，穷乡僻壤——这是过去人们对洛水的印象。现在，铁路通了，高速公路建好了，蕴藏在大山里的矿产资源和水资源被发现了，洛水作为“国家重要的能源基地、面向西南的重要通道、长江上游重要的生态屏障”，一下子便成了“投资的热土”。

2008 年元宵节刚过，一批又一批的车辆从洛源镇经锅底村来到了洛表、洛亥和洛旺村，扬起了遮天蔽日的灰尘。洛水煤电一体化工程、年产量三百万吨的大型煤矿和二百四十万千瓦的火力发电厂同时动工了。奠基典礼十分隆重，省、县、乡三级官员和煤电工程指挥部的干部联合剪了彩。

奠基典礼之后，为了慰问工程人员和洛水县的干部、群众，举行了大型的文艺演出。洛源派出所的民警主要负责奠基典礼的保卫工作，没有参与文艺演出现场的保卫工作。完成了奠基典礼的保卫工作之后，胡秋萍主动提出要参与文艺演出的保卫工作。王钰明白，胡秋萍想借机去看明星的表演。向局领导反映了情况之后，王钰同意了胡秋萍的请求。

文艺演出的地点是位于县城中心的红太阳广场。红太阳广场建于上个世纪七十年代，容量有限，勉强能保证一万五千多名观众站立观看演出。

演员的阵容十分豪华，仅内地一线演员就有二十余名，还有十名港台明星。百闻不如一见！胡秋萍穿着警服，幕前、幕后地来回走着。一个明星演唱几分钟就能得到不菲的出场费，她被震撼了，不断地感叹：“当个明星太牛了！”

散场后，胡秋萍找到了市歌舞团的艺术总监——在市师范学院教过她的老师黄丽莉，想请她引荐一下省歌舞剧院的青年歌唱演员蒋小兵。于是，黄丽莉把胡秋萍介绍给了蒋小兵。三个人一边吃烧烤、喝啤酒，一边聊起了演唱的艺术。通过零距离的接触，胡秋萍被蒋小兵的气质深深地吸引了。蒋小兵也觉得胡秋萍气质不错，很有音乐潜质。胡秋萍当场拜蒋小兵为师，蒋小兵没有拒绝。从此，二人便以师徒相称了。

深夜一点钟，胡秋萍回到家里的时候，张云武还在等她。她洗漱完了之后，上了床。她毫无睡意，满脑子都是演唱会的场景和蒋小兵的身影——她失眠了。

第二天上午十点钟左右，胡秋萍的手机响了一遍又一遍。胡秋萍被吵醒了，接听了电话。电话是洛源派出所的值班民警打给她的，告诉她在进场公路上，前一天晚上被人堆放了大量的泥沙，阻断了交通。值班民警还说，王钰已经带领民警赶赴现场了，胡秋萍最好也立即到现场去。

王钰带领着五名民警到达现场时，周围一个人也没有，只有几十吨泥沙静静地躺在公路上。王钰站在高高的沙堆前，看着滚滚奔腾的洛水和云雾缭绕的大山，以及公路上的一辆辆工程车，表情凝重。她明白，这是村民们在抗议有关部门不落实政策。

洛表、洛亥和洛旺三个村子有80%以上的村民居住在洛水两岸的平坝上，只有不到20%的村民散居在四周的坡地上。这个平坝是洛水县最大的平坝，土地肥沃、物产丰富，村民们舍不得离开。洛水煤电一体化项目征用了五千多亩平地，大部分村民都要搬到山上去生活。村民们一时无法接受这样的现实，所以想出了这样的办法来进行抗议。

王钰用手机向县公安局指挥中心报告了这一情况，建议县公安局向县政府反映，抓紧落实政策，让村民们安定下来。

县政府的领导采纳了县公安局的建议，与煤电开发公司达成了协议。公司80%的员工在洛水招聘，免费培训合格后上岗。洛表、洛亥、洛旺三个村子符合条件的村民优先聘用，解决失去土地村民的就业问题。把七十岁以上的老人集中安置在寺庙，其间的生活费由政府适当地补助，待安置房建好之后再与家人共同生活。一次性付清青苗补偿费，并且按照“一类地”分期支付征地费。村民们将信将疑，把老人送到了寺庙，让青壮年男女和儿童陆续搬到了临时过渡房。

3月的洛水，春寒料峭、阴雨连绵。洛表、洛亥、洛旺的村民们生活在寺庙和统一搭建的过渡房里，条件十分艰苦。尤其是老人和孩子，在这种“天上下雨，屋里漏雨”的条件下，真是有些吃不消。

天上下着蒙蒙细雨，村民们踏着泥泞的山路向村公所走去。很快，三个村公所门前便挤满了人。村公所是村民们议事的地方，已经有很多年没有这样热闹过了。大家看了贴在墙上的公告，在心里盘算着是否公平合理。

人群躁动起来了，有人大声喊道：“太不公平了！”在场的村干部们向村民们解释着，可是他们根本就不听。有人冲上去，把公告扯下来，用脚踩得稀烂。

一夜之间，一些村民便从临时过渡房里搬了出来，回到了尚未被拆除的老房子里。第二天上午，那些被拆除了老房子的村民不约而同地聚到了村公所，把村干部围了起来，吵吵闹闹地要求把老房子还给他们。

县政府召开了紧急会议，研究对策。孔志开亲自主持会议，并且作出了以下决定：一、抽调一百名政法干部组成工作队，驻扎在煤电一体化工程指挥部，处理拆迁纠纷，制止村民的违法行为。二、县级机关、事业单位的干部、职工，老家在洛表、洛亥、洛旺这三个村子的，马上回老家去做亲属的工作，协助政府做好拆迁工作。三、对于妨碍施工、不听劝阻的村民，坚决依法进行处理。

洛表、洛亥、洛旺这三个村子比较富裕，出了不少人才。在这三个村子里，在县机关、事业单位工作的就有五十多人，在校大学生近二十人。由政法干部组成的工作队到了这三个村子，村民们十分抵触，认为“手捏锄头把，犯法也不大”，使得工作队的工作难以开展。

王世安在王钰和村干部的陪同下，走访了三个村子的二十多户人家。在生活困难的人家和征地面积较大的人家，王世安耐心地听取了意见和建议，赢得了他们的信任。

绝大多数村民对这项工程是理解的，愿意配合。但是，确实存在政策落实不到位的问题，也确实有干部家庭与普通群众家庭的补偿标准不一致的问题。王世安认为，有必要对政策进行调整，维护群众的利益，争取群众的支持。

李学妹和贺冬梅到县委宣传部这么一闹，并没有使刘文浩回心转意，反而让刘文浩对她们更加反感了。刘文浩是一个襟怀宽广的人，清醒地意识到，绝不能被这些事情干扰。他懂得，只有勤奋学习、大胆实践，才能提高自己的能力和修养。

刘文浩得到了陈忠部长的支持，在互联网上创建了“洛水贴吧”，广泛地了解民意。他抓住了群众关注的焦点，认真地组织开展了一系列的宣传活动，亲手撰写并发表了题为《大项目带动大开发　大开发促进大发展》的评论文章。针对群众反映的突出问题，他带领记者深入一线进行采访，撰写了好几篇文章。

但是，在采写通讯的过程中，刘文浩遇到了麻烦。进场公路只修了路基，路面就像水田一样，驾车如同行船。他知道，有很多问题不能在电视和报纸上反映，但是又不吐不快。于是，他选择了几张照片，配发了少量的文字，推送到了“Blog”空间，引发了网民的普遍关注。

对此，贺秋枫十分不满。他大发雷霆，扬言一定要给刘文浩点儿颜色看看。

其实，刘文浩到煤电一体化建设现场去，还有一个目的，那就是找机会接触王钰。他知道，王钰一定还爱着他。

浓雾弥漫，山与天连在了一起。周围一片静谧，听不见一声鸟叫。突然，响起了一阵警笛声。警笛声由远而近，打破了这里的宁静。村民们从门缝儿里探出头来，很快就缩了回去。

警车在洛亥村的邓有梅家门前停了下来。几分钟后，邓有梅家的门打开了，走出来一个人。他是邓有梅的大儿子邓尚高，在县工商局工作，按照县里的要求回老家来做亲属的工作。他站在一棵桃树下，脸色阴沉。

县人民法院执行局局长吴常明在两名法警的陪同下，走近了邓尚高，并且亮明了身份。吴常明从公文包里取出强制执行裁定书，大声地宣读起来。宣读完毕，吴常明问邓尚高：“听明白了吗？如果听明白了，就请在裁定书上签字或捺指印。”邓尚高冷冷地说：“听明白了，但我不是邓有梅。”

吴常明说：“那就把你父亲请出来！”

邓尚高说：“我不喊，他不听我的！”

两个法警走过去，敲了敲门，没有人回应。

吴常明大声对邓尚高说：“我们是在依法执行裁定……

拒不执行，我们将采取强制措施。”

“怎么执行是你们的事！”

“你对这个裁定有什么意见？”

“你们的裁定是无效的！”

“裁定程序完全合法，怎么能说是无效的呢？”

“程序倒是合法，可是内容呢？”

“事实清楚，依据充分。”

“不公平！”

“哪里不公平？”

……

吴常明走到警车旁，拿起话筒，用喇叭连续宣读了三遍强制执行裁定书，并反复强调：“如果拒不执行裁定，我们将采取强制措施，依法对当事人进行拘留。”

吴常明让县土地局的局长周靖道通知推土机的驾驶员，让他把推土机开过来。这时，王钰带领着洛源派出所的三名民警来到了现场。王钰建议吴常明继续做工作，争取不采取强制措施。吴常明摇了摇头：“该做的，我们都做了，可他就是不配合！”

王钰苦笑了一下，回到了原地。

三辆推土机到位了以后，吴常明再次宣读了强制执行裁定书，并强调了拒不执行的后果。他见邓家依然大门紧闭，便喊道：“执行！”

话音刚落，邓家的大门便打开了。邓有梅自缚着双手，眼里充满了血丝，一句话也不说。

吴常明上下打量着邓有梅，一时没有弄明白他为什么要这样做。这时，邓有梅的老伴儿付发娥哭着冲了出来，向屋后跑去。

王钰担心出事，便带着三名民警追上了付发娥。就在这时，付发娥弯腰捡起了一块石头，用力划了一下自己的脑门儿。顿时，鲜血染红了她的脸颊。付发娥大叫了一声："警察打人了!"

邓尚高立刻冲了过去，掏出手机，拍下了王钰和民警们扶着他母亲的照片。拍完照片，他把母亲背在身上，大声吼道："你们等着，我要告你们暴力执法!"

……

吃完晚饭，刘文浩回到了办公室。这段时间，"网游"已经成了他下班以后的"规定动作"。他点开"洛水吧"，一个刚刚发布的"强推"的标题《强征、强拆的一出闹剧》赫然入目。他点开了这个标题，一张王钰和两名民警扶着血流满面的老人的照片首先映入了眼帘。他快速地阅读了一遍文章，立即给陈忠部长打了个电话。

听了刘文浩的汇报，陈忠思考了片刻，拨通了县长孔志开的手机，提出了几项建议。

半个多月以来，刘文浩天天奔波，陪同一批又一批记者采访了与征地和拆迁有关的人和事。这一天，他开着县委宣传部的公务车，送最后一批省报的记者去现场进行了采访。采访结束后，他还要送他们去火车站。

在洛源火车站与记者们握手告别之后，刘文浩饥肠辘辘地走进了一家小吃店，点了八个小笼包子、一盘油炸花生米、一盘小炒牛肉和一瓶啤酒。热气腾腾的包子端上来了，他一口气吃了五个。有包子垫底，喝酒就不伤肠胃了。他就着花生和牛肉，自斟自饮起来。他很庆幸，记者们经过三天的采访，澄清了事实。他认为，洛源派出所的民警们不存在暴力执法的问题。他认为王钰是一个善良、果敢、勇于担当的优秀警察。他决定写一篇反映王钰典型事迹的通讯，连标题都想好了——《警营四溢幽兰香》。

刘文浩又给自己倒了一杯酒，心情舒畅多了。这时，一对年轻的夫妇走进了饭店——男的提着行李，女的抱着小孩儿。男的把行李放下，让女的先坐下，便开始点菜了。等着上菜的时候，两个人一起逗着小孩儿，脸上洋溢着幸福的笑容。

多么温馨的画面啊！刘文浩羡慕起他们来，不知不觉地便想起了王钰和孩子。他这段时间实在是太忙了，根本就抽不出时间来看望他们。何不现在就去呢？

刘文浩红着脸，发动了越野车。这时，月亮出来了，洛水河面跃动着银色的波光。他一边放着周冰倩演唱的《真的好想你》，一边想着心事：

真的好想你，我在夜里呼唤黎明。追月的彩云哟，也知道我的心，默默地为我送温馨。真的好想你，我在夜里呼唤黎明。天上的星星哟，也了解我的心，我心中只有你。千山万水怎么能阻隔我对你的爱，月亮下面轻轻地飘着我的一片情。真的好想你，你是我灿烂的黎明。寒冷的冬天哟，早已过去，愿春色铺满你的心……

俗话说，一心不能二用。刘文浩一边开车，一边想着王钰和孩子，心情十分激动。

越野车超速了，冲出了路面。他本能地打开了车门，惊叫了一声“完了”，便滚到了车外。

这时，一辆大货车从后面跟了上来。驾驶员立即停下车，站在公路边，看到了侧翻在沙滩上的越野车。在距离越野车三米远的地方，一个穿着衬衫的人倒在了地上。那个人就是刘文浩！刘文浩的脸上毫无血色，腿摔折了。大货车的司机伸过手去试了试，发现刘文浩还有微弱的呼吸。于是，他把背心脱下来，撕成布条，扎在了刘文浩的大腿上。然后，他从裤兜里掏出手机，报了警。

出事的地点与洛源派出所只有五百米左右的距离。王钰接到报警电话之后，叫上罗丽英、胡秋萍，开着警车赶到了现场。

王钰她们到达现场时，大货车的驾驶员已经把刘文浩抱上了公路。看着奄奄一息的刘文浩，王钰大惊失色。她立即从警车上取下了急救包，用止血带把刘文浩的伤口进行了处理，然后把刘文浩的腿用夹板固定住了。

民警们把刘文浩抬上警车之后，王钰把刘文浩的头放到了自己怀里。

警车没有开到洛水县城，而是向朝阳的方向开去。王钰让胡秋萍往县公安局指挥中心打了个电话，让他们联系一辆朝阳的“120 急救车”来接应一下，以防途中发生不测。

警车一路鸣着警笛，风驰电掣般地向前驶去。一路上，王钰一直在呼唤刘文浩，要他挺住，千万不要睡去。看着刘文浩那痛苦的样子，王钰的泪水像断了线的珍珠一样落了下来。她在心里祈祷着：“老天保佑，一定要把刘文浩治好！”

刘文浩已经苏醒了，只是暂时睁不开眼，也说不出话来。他听到了王钰的呼唤，也感觉到了王钰的温暖。他想对王钰说：“别哭，我的好女人！没事的，我会好起来的！”

入夜了，医院里比较安静，只是偶尔从外科病房里传出病人的呻吟声。

警车开到了急诊大楼前，七八个医生、护士围了过来。张怡穿着白大褂，第一个冲到了车前。她打开车门，看到了儿子苍白的脸和缠着纱布的双脚，失声痛哭起来。外科医生安慰道："张医生，请您相信，我们一定会尽力的！"

张怡回到朝阳之后，在朝阳市人民医院的妇产科担任副主任医师职务，现已申请退休，正在办理手续。她本来想退了休之后颐养天年，没想到儿子竟然伤成了这样，让她一下子便绝望到了极点。儿子被送进手术室之后，她瘫坐在手术室门外的凳子上，紧盯着手术室的门。王钰走过来，连喊了她两声"张阿姨"，她才回过头来。看着王钰的警服上和手上沾满了血污，她一把抱住了王钰的双肩，心疼地哭了起来。王钰懂事地说："阿姨，文浩很坚强，会好起来的。您别太伤心了！"

张怡擦了擦眼泪，看着王钰说："谢谢你，好姑娘！刘家对不住你，让你吃苦了！"

"别这么说，阿姨！文浩爱我，我也爱他……"

"文浩伤得这么重，苦日子还在后头呢！"

"阿姨，现在医学发达了，文浩是完全可以康复的！"

"谢谢你的安慰！现在，我最担心的是文浩的伤势。"

"我们应该相信医生！不会有事的，放心吧！"

刘学峰在省城开会，再过一天才能回来。晚饭后，他回宿舍看完《新闻联播》节目，在秘书的陪同下来到酒店的花园里散步。这时，秘书的手机响了。接完电话，秘书神色慌张地来到刘学峰身旁，声音有些颤抖："刘副市长，文浩……受伤……在医院抢救。"

刘学峰睁大了眼睛，着急地说："快叫司机！"

刘学峰急坏了，没等秘书打电话叫来司机，就走到酒店门外去等车了。十几分钟后，车才来。刘学峰埋怨了几句，便坐上车，直奔朝阳市人民医院。

快出城了，刘学峰才想起来，他还没有请假。此时，他已经管不了那么多了，一心想着儿子的伤势。

从省城到朝阳有四百多公里的路，走高速公路的话，最快也要四个半小时。此时此刻，刘学峰有点儿相信命运了。常言说"养儿防老"，这下可是指不上儿子了。"我这是自作自受啊！"他自言自语道。唉，一切都是命中注定的！他下定决心，第二天到了办公室，一定要写一份提前退休的申请。

手术开始的时候，院长走进了手术室。他是外科主任医师，遇到重要的手术，就会亲自上手术台。刘文浩的右小腿骨折了，血管和神经都断了，一旦"断肢再植手术"失败了，就会残废。

三个小时过去了，手术仍然在进行之中。张怡估摸着丈夫刘学峰就要到了，忐忑不安地等候在手术室门口。

凌晨一点钟，司机把车开到了朝阳市人民医院的门口。秘书刚把车门打开，刘学峰就从车里冲了出来，不顾一切地向手术室狂奔。

这时，手术室的门被打开了。刘学峰冲了过去，一把掀开盖在刘文浩身上的被子，见儿子腿上缠满了纱布，绝望而痛苦地号啕大哭起来。院长和医生们走出手术室，连忙握住刘学峰的手说："刘副市长，放心吧，手术很成功！"

刘学峰又看了一眼昏迷中的儿子，腿一软，瘫坐在地上。张怡蹲下来，扶起了丈夫，安慰了他几句。

王钰来到医院的草地上，刚挤掉奶水，手机就响了——是她妈妈打来的。

王钰：“妈妈，宝宝吵你了吧！你还没睡吗？”

杨云锦：“吵着要找你！这不，我冲了一点儿奶粉给他喝……刚睡着。你在哪儿呢？今晚回来吗？”

王钰：“妈，文浩受伤了，我送他到朝阳市人民医院做手术……”

杨云锦：“文浩这孩子……伤得重吗？”

王钰：“双下肢都骨折了！好在发现得早，及时送了医院。院长亲自做手术，估计问题不大。”

杨云锦：“回来时注意安全！”

王钰：“妈，您辛苦了！早点儿睡吧！”

王钰回到手术室门前的时候，刘文浩已经被推到特护病房去了。她来到医生的办公室，询问了一下手术的情况。医生说，手术很成功，只要不感染，就能完全康复。她总算松了一口气，喊上罗丽英和胡秋萍，到病房里与刘文浩的父母告了别。王钰看了病床上的刘文浩一眼，然后走到刘学峰和张怡面前，抱歉地说：“叔叔、阿姨，手术很成功，你们就放心吧！你们年岁大了，不能熬夜，早点儿休息吧！这里有医生和护士照顾，不怕！过几天，我再来看你们！”罗丽英和胡秋萍也问候了两位老人，嘱咐他们保重身体。

张怡站起身来，拉着三个人的手，连声说：“谢谢你们！谢谢你们！”刘学峰眼里含着泪，默默地挥了挥手，向三位女警察致意。

王钰走到门口，又停了下来，转过身去关切地看了看昏睡着的刘文浩。

手术后半个小时，刘文浩慢慢地睁开了双眼。夜深人静，周围什么动静都没有。雪白的墙壁、雪白的被子……医院？他的思维被瞬间激活了。他下意识地动了一下腿，感觉很疼。他摸了摸自己的腿，发现大腿以下的部位都被纱布缠着。他想，这下可完了，有可能失去双腿。他不敢多想，盯着天花板，思绪如洪水一般涌了出来……

在一片黑暗中，他惊恐地看到了越野车打开的车门砸到了自己的双腿。“咔嚓”一声……他回忆着往昔快乐、幸福的生活。他曾经度过了无忧无虑的童年和少年时光，也曾经度过了几年无拘无束的青春时光。他感谢父母把他带到了这个世界上，使他拥有了幸福和快乐。是的，他谈过恋爱，也曾有过痛苦的婚姻。想到这里，他恍惚地记起，是王钰救了他。王钰呢？她在哪里？他又想起了贺冬梅，恨得咬牙切齿。他想，这回他受了重伤，有可能残废了，贺冬梅该放过他了。但是，如果他残废了，老人怎么办？谁给他们养老？王钰他们母子怎么办？谁来保护他们？这时，他感受到了比受伤更大的痛苦。他紧闭双唇，任苦涩的泪水肆意流淌。

天亮了，刘文浩的父亲和母亲一起走进了病房。两位老人脸色灰暗，一夜之间衰老了许多。刘文浩强忍住痛苦，泪水在眼睛里打转。他强打起精神，对父母说：“爸爸、妈妈……让你们担惊受怕了！”

张怡见儿子这副模样，禁不住流下了眼泪。刘学峰抓住儿子的手，心疼地说：“文浩，疼吗？要不是我让你去洛水，你就不会受这份罪。”

刘文浩怕父母再为他那不幸的婚姻担忧，忙说：“是我没出息，开车技术差……这点儿伤没什么，会好的！”

这时，医生和护士来查房了。刘文浩求父母赶快离开：“你们走吧！你们放心，这里有医生和护士呢！”

夜深人静，天气闷热。犬吠不停，叫声凄厉。遥望天际，一片橙黄。

罗丽英开着车，看了王钰一眼，疑惑地说："所长，天象异常，是不是要地震了？"

胡秋萍有些惶惑地说："我也有一种不祥的预感！"

王钰沉着地说："地震不一定马上发生，也不一定发生在这一带！"

停了一会儿，王钰接着说："英姐，你累了吧！你先休息一会儿，放松一下，我来开车！"

罗丽英把车停在路边之后，大家走下车来，看着变幻莫测的天空和灰蒙蒙的大地，心中涌起了莫名的惆怅。

凌晨五点钟左右，她们到达了洛源。王钰把车开到派出所院内，认真地对罗丽英和胡秋萍说："抓紧休息！打开门窗，和衣而睡！"

胡秋萍说："你是不是担心真的会地震？"

王钰说："有备无患嘛！你们说呢？"

罗丽英说："你是不是还担心睡梦中的百姓？"

王钰说："是的。我最担心的是为了煤电一体化项目而拆迁……还住在临时过渡房中的村民。这样吧，我们一个人负责联系一个村……先打电话把洛表、洛亥、洛旺三个村的主任叫起来，做好应急准备……其他村子，天亮以后再说！"

第二天14时28分，大地抖动起来了。有人惊呼："地震了！"王钰刚从睡梦中醒来，一只手抱着儿子，一只手拉着妈妈，迅速冲到门外，跑到了派出所的院子里。

这时，李婶和派出所的全体民警都跑来跟王钰会合了。王钰把儿子交给母亲，让母亲和李婶互相照顾，然后大声对民警们说："地震了！考验我们的时候到了！你们马上打电话与家人联系，把他们安排好！两分钟后，胡秋萍、张晓莉和我一起乘车去洛表、洛亥、洛旺三个村子！其余的人等候县公安局的指令，听从罗丽英的指挥！”说完，她便坐上了警车。

王钰一边开车，一边听广播——中央人民广播电台的播音员正在反复播报地震的消息。

洛水离震中一百余公里，震感明显。不过，王钰依然放心不下住在临时过渡房里的那些村民。她避让着路上的滚石，马不停蹄地赶到了“临时过渡集中安置区”。透过前挡风玻璃，她看到了三百米外用砖头垒砌的简易房被夷为了平地。她把车停下来，冲过去，站在了废墟上。眼前的景象让她目瞪口呆……房子垮塌了，老人坐在破碎的砖块上，目光呆滞。小孩儿们有的孤零零地坐在地上哭泣；有的扯着大人的衣服，脸上挂着泪花，身体在发抖。猪、牛、鸡、鸭、狗惊魂未定，随时准备跑开。看到警车来了，村干部和村民们围了过来。大家看着王钰、胡秋萍和张晓莉，就像看到了救星一样。小孩儿们停止了哭泣，老人们投来了信任的目光。王钰含泪向村民们打了招呼，向村干部们了解了灾情。然后，她把民警、村干部和强壮的村民组织起来，开始了搜救工作。万幸的是，除了临时过渡房以外，其余的房屋都没有垮塌，只有轻微的裂缝，并且没有人畜伤亡。村干部和村民们感激地看着王钰、胡秋萍和张晓莉——他们明白，若不是派出所的民警提前预警，人畜伤亡是不可避免的。

地震发生以后，大家都把注意力集中在了重灾区，所以像洛水这样受灾较轻的地方就被忽视了。五天以后，救灾款和救灾物资才分配到了灾民手中，没有住房的村民才住进了地震棚。村民们在电视上看到了重灾区的情景，看到了民警和村干部们没日没夜地奋战在抗震救灾的最前线，十分感动。

可是，天灾易躲，人祸难逃。

这次地震，三个村子的房子都不同程度地损坏了，光靠维修难以提高抗震力，不如借此机会把它们拆了，住进抗震力强的新房。拆迁工作异常顺利，几乎没有遇到阻挠。但是，接下来的施工项目，就是另外一种情形了。

一边，煤电一体化项目在鲲山煤矿开工了，两个矿洞都建在洛水两岸的鲲山脚下。两千多名工人和一百多台设备同时进场，机器轰鸣，人声鼎沸。

另一边，煤电一体化项目的指挥部被三千多村民围得水泄不通。

鲲山是洛水的第一大山，主峰海拔三千八百米，绵延五十平方公里。山上森林茂密、储水量大，是洛水的发源地。这里地下矿产丰富，储煤量大，是洛水的煤炭主产区。洛表、洛亥、洛旺三个村的村民就居住在鲲山主峰的下面。

鲲山主峰地形独特，状似“大鹏冲天”，扶摇直上——峰顶是头，两边的山岭是翼，中间的山岭是胸腹。中间山岭的右侧是“陈氏坟山”，左侧是“李氏坟山”。陈、李二姓是洛水的大姓——在洛表、洛亥、洛旺三个村子里，姓陈和姓李的占了70%以上。鲲山中间的山脉被视为龙脉，陈、李二姓的祖先大都安葬于此。

据史料记载，秦朝时，姓陈和姓李的村民同时从军，从中原来到洛水，修筑了“五尺道”。他们见鲲山是块风水宝地，遂居于鲲山主峰之下。一千多年来，陈、李二姓村民由一百多人繁衍到了近一万人，虽未出过一品以上大员，但二品以下官员越千，立功受奖者不胜枚举；虽未出过状元，但进士、举人、秀才越百，著书立说者数不胜数。子孙们坚信，是鲲山龙脉保佑陈、李二姓村民如此人丁兴旺……

传说，土是龙的肉，石是龙的骨，草木是龙的毛发。因此，在龙脉上挖隧道采煤，无异于挖了陈、李二姓村民的祖坟。所以，他们拼死也要保住龙脉。

于是，指挥部便被三千多村民团团围住了。正在组织施工的县政府副调研员蒋太和、洛源镇党委书记李学胤、煤电一体化项目经理贺堃慌了神儿，急忙通知联合执法队队长、县公安局副局长余忠过来开会，以便研究对策。

此时，大家都沉浸在顺利完成拆迁任务、按时开工建设煤矿的喜悦之中。面对突如其来的变故，他们全都傻了眼，想不出办法来。最后，他们只好打电话请示县委、县政府的主要领导……

强行施工，显然行不通。这件事情涉及了陈、李两个大姓村民的共同利益，牵扯了一万多人。可是，要想避开祖坟，另外选址，需要增加两亿元以上的投资，谁也不敢贸然拍板。

孔志开一时拿不定主意，想不出万全之策。蒋太和与指挥部的成员商议之后，决定与群众进行对话。不料，主持会议的李学胤刚说了几句话，就败下阵来。面对乡亲，李学胤红着脸，有些下不来台，便把话筒推给了蒋太和。

蒋太和接过话筒，讲了一通大道理。可是，他还没把话说完，村民们便七嘴八舌地吵开了。

蒋太和很生气，但是也想不出更好的办法来。这么大的工程，县委、县政府的领导不过来指挥，派他来当炮灰……于是，他抓起桌上的电话，给孔志开打了个电话，让他另请高明。

蒋太和已经五十九岁了，马上就要退休了。他原来是县发改委的主任，三年前当上了副调研员。县委的领导让他发挥余热，担任了煤电一体化项目建设的总指挥。孔志开不好驳他的面子，答应派挂职的副县长袁宗贵代替他担任总指挥。

贺冬梅心里有点儿烦——好不容易找了个男人，还不要她了。这个，她也认了。可是，媒体把刘文浩与王钰之间的事情抖搂出来，把她也扯了进去。这下她可忍不了了！她听说，刘文浩是在去看望王钰母子的路上受的伤，是王钰救了刘文浩的命。没有别的办法，只有离婚了！她想好了，一定要主动提出离婚——她丢不起这个人。

晚饭后，贺冬梅把离婚的想法告诉了父母，想听一听两位老人的意见。贺秋枫连想都没想就脱口而出："离就离吧，没什么舍不得的！只可惜，咱们花了那么多钱……"

没想到，李学姝竟然哭了。她瞪了贺秋枫一眼，有些悲伤地说："你就知道钱！离了婚，冬梅就成了'二手货'，再嫁就难了！"

贺秋枫不屑一顾地说："冬梅还不到三十岁，我们家的条件又这么好……不愁找不到好女婿！"

贺冬梅见母亲哭了，为母亲擦掉眼泪，自信地说："爸爸说的对！离了婚，我能给你们找一个比刘文浩强的女婿！这一回，我可要找一个爱我的人了！"

李学姝见他们父女二人信心十足，便试探着说："你们觉得方成仁这个人如何？我看可以……"

贺秋枫、贺冬梅几乎同时喊道："是啊，方成仁可以啊！"一家三口一拍即合。贺秋枫、贺冬梅父女俩是典型的"土豪"，心狠手辣，办事不择手段。

李学姝："刘文浩受伤住院了……冬梅在这个时候提出离婚，合适吗？"

贺秋枫："这有什么不合适的……要他离婚，又不是要他的命!"

贺冬梅："是啊，没什么不合适的——我明天就让他在离婚协议书上签字!"

毕竟是伤筋动骨——手术后，过了一个月，刘文浩还是不能动弹。他躺在病床上，双腿被固定住了，无法自由行动。但是，他根本就闲不住，不愿意白白浪费时间。他想借此机会多看点儿书，多想点儿事，养精蓄锐。他看完了宋鸿兵的《货币战争》，便开始看程碧波的《财富战争》了。他是中文系毕业的，这两本书又不像学术著作那样晦涩难懂，所以他看得津津有味。虽然书中讲述的事件有些耸人听闻，但是他感觉还是值得借鉴的。他明白了一个道理："国虽大，好战必亡；天下虽安，忘战必危。"

刘文浩在护士的帮助下坐了起来。他将书捧在手里，专心地看着《财富战争》的第七部分《中国：决战未来》。这时，病房的门开了，贺冬梅走了进来："很专心嘛!"

刘文浩抬起头来，看了贺冬梅一眼，把书放到了被子上。刘文浩第一次见贺冬梅没有化妆，脸色苍白，就像大病初愈一样。过了一会儿，贺冬梅开腔了："不想说点儿什么吗?"

其实，刘文浩真的没有什么可说的。贺冬梅见他不说话，便又开口说道："既然你不说，那我就说了——我们离婚吧!"说完，她从手提包里拿出离婚协议书，递给了刘文浩。刘文浩按动电钮，叫来护士，向护士借了一支笔，潦草地在离婚协议书上签了自己的名字。签完字，他立刻就释然了，就像绑在腿上的纱布被解开了一样。此时，他仍然一句话也不说。贺冬梅拿到签过字的离婚协议书之后，便离开了病房。刘文浩看了一眼贺冬梅的背影，又看了一眼放在被子上的

《财富战争》，心想，他与贺冬梅之间的战争也该结束了！

晚上，刘文浩兴奋得难以入眠。伤好以后，他要做的第一件事就是与王钰结婚，承担起丈夫和父亲的责任，让他们母子过上幸福的家庭生活。

他想把自己的身体状况和与贺冬梅离婚的事情打电话告诉王钰，可是又怕打扰她。白天，王钰要进行日常的工作，不方便接听。晚上，王钰要照顾孩子，也怕打扰。于是，他只好发了一条长长的短信。

一天过去了，他没有收到王钰的回信。两天过去了，他还是没有收到王钰的回信。于是，他焦躁不安起来。第三天下午三点钟，刘文浩正在翻看手机，护士推门进来了，递给了他一个邮政快件。从封皮上看，这个快件应该是王钰寄来的。刘文浩打开一看，里面是一个大号的信封。他打开信封，发现里面没有信，只有一张用红色绸布包着的彩色照片。照片上的小孩儿和他小时候长得一模一样，一看就知道是他的孩子。于是，他大声叫了起来："这是我儿子！"照片上的孩子张着小嘴微笑着，十分可爱。他亲吻了一下照片，然后把它紧紧地贴在了胸口。

刘文浩揣测着王钰给他寄照片是什么意思，陷入了沉思。这时，刘学峰和张怡推门进来了。张怡已经正式退休了，刘学峰正在办理提前退休的手续。他们夫妇俩全身心地照顾自己的儿子，每天都来医院看儿子。刘文浩把儿子的照片拿给了父母，想给他们一个惊喜。刘学峰和张怡翻来覆去地看着照片，问刘文浩："你是什么时候把小时候的照片拿到医院来的？"刘文浩笑着说："这是我的儿子——你们的孙子！"张怡拿起照片来看了又看，不停地说："像……真像文浩……是我的孙子！"王钰寄来这张照片，收到了意想不到的效果——一家人笑得合不拢嘴。

王钰的确很忙，既要搞好派出所的日常工作，又要顾及鲲山煤矿的群体性事件。幸亏王钰的妈妈能帮她照顾小孩儿，不然她就是有三头六臂也招架不住。她收到刘文浩发的短信时，正在参加由县长张兴炜亲自主持的与鲲山煤矿的群体性事件有关的工作会议。看了刘文浩的短信之后，她没有多想，继续听领导布置工作。开完会，王钰回到洛源，已经很晚了。王钰从母亲的手里接过熟睡的孩子，把他放到床上，然后给母亲看了刘文浩的短信。

从王钰临产到现在，杨云锦一直在照顾王钰母子，十分辛苦。外孙很可爱，让她十分开心，所以她的精神面貌还不错。看了刘文浩的短信，她静静地坐了好长时间才开口说了一个字："好!"刘文浩与贺冬梅离婚了，王钰就有可能与刘文浩结婚了。这样一来，孩子就能得到应有的父爱了。但是，她仍然心存疑虑——贺家会这么简单地饶了刘文浩吗？会不会再生变故？她见女儿很高兴，便没有把自己的疑虑说出来。

母亲睡下之后，王钰也准备睡了。但是，她却翻来覆去睡不着，心里总想着刘文浩。最后，她决定给刘文浩寄去儿子的照片。她相信，刘文浩看了儿子的照片，就什么都明白了。

贺冬梅原以为刘文浩受伤后可能会残废，不会轻易答应与她离婚，所以故意露出丑相，在刘文浩尚未痊愈的时候提出了离婚。看到刘文浩爽快地在离婚协议书上签了字，并且没有提出任何条件，她恼羞成怒，直奔婚姻登记处，去办理离婚手续。

没想到，婚姻登记处的工作人员提出，让夫妻双方当场填写《申请离婚登记声明书》，并且签名。在颁发离婚证时，双方当事人都要在场。贺冬梅情急之下，想出了个歪主意，把离婚证领到了手……

第二天上午，贺冬梅向母亲李学姝打了声招呼，便一个人开车来到成都，走进了一家专业美容会所。刚走进门厅，她便感受到了一种安逸、祥和的气氛。她在前台办理了美容卡，然后在服务员的引导下进入了干净、舒适、温馨的护理室。

贺冬梅在成都待了二十多天，除了逛公园和超市，就是去美容。通过调理，她的气色比以前好多了。

她回到洛水的时候，天还没有黑。李学姝见女儿变漂亮了，恢复到了结婚前的样子，十分高兴。

“妈，我要出去一下！”贺冬梅刚放下行李，就说要出门。

李学姝不解地问：“怎么刚到家就出去？”

“我不跟你说了！”贺冬梅不耐烦地说。

“你是不是去找方成仁？这么晚了，找他干什么？”李学姝有些不放心。

“妈，天还没黑呢，你就别管我了，好吗？”贺冬梅显得更加不耐烦了。

“行，妈不管你……你跟方成仁好，我没有意见。不过，你一定要把握好……”

贺冬梅走出门去，在车上给方成仁打了个电话：“方哥，我是冬梅！”

“冬梅……有事吗？”

“没什么事……就是想约你看一场电影！”

方成仁犹豫了一下——贺冬梅是有夫之妇，和她一起看电影恐怕不太合适。于是，他便含糊地说："没什么事就算了吧……我正忙着呢！"

"好久没见你了，你是不是有女朋友了？"

"没有，我真的有事！"

"我跟刘文浩离婚了，心里很烦……你就陪陪我吧！"

"哦，是这样……那好吧！"

当天晚上放映的是还没发行就被炒得很热的《画皮》，看的人很多，贺冬梅和方成仁九点半才入场。他们看完电影，已经晚上十一点了。贺冬梅说，电影的情节很吓人，不敢自己回家，让方成仁送她。上车后，贺冬梅又说"这么晚了，父母可能已经睡了，怕吵醒他们"，让方成仁送她去锦宏大酒店。

把车子放到锦宏大酒店的地下车库之后，他们走进了电梯。在明亮的灯光下，方成仁清楚地看到了贺冬梅姣好的面容。她穿着粉红色的连衣裙，打扮得十分得体。于是，他不禁上下打量起贺冬梅来。到了一楼的大厅，贺冬梅到前台去取房间的钥匙，他便挥手与贺冬梅告别了。贺冬梅回过头来，含情脉脉地看着他，轻声说："方哥，你稍等一下，我有话对你说！"

在大厅耀眼的灯光下，贺冬梅显得更加迷人了。方成仁的心跳加快了，呆呆地站在原地一动不动。以前，他对贺冬梅动过心，但是他有自知之明，没有迎难而上。如今，贺冬梅主动约他，他真是求之不得。他家在农村，父母年迈，姐姐和妹妹只读完初中就辍学了。他的弟弟在上大学，靠他供养。大学毕业后，他考入了洛水县的县委机关，有了出人头地的机会。参加工作以后，他一心扑在工作上，希望能够在仕途上有所发展。三年前，他有幸得到县委副书记郭军的赏识，当上了郭军的秘书。郭军离任后，推举他当上了县煤炭局的副局长。他跟在县委领导身边，招来了不少女孩儿的青睐。他挑三拣四，好不容易挑中了一个，人家还嫌他家境不好。于是，他把贺秋枫送给刘文浩的那辆新车借过来，开着车去相亲了。但是，人家知道他是“打肿了脸充胖子”，根本就不买他的账。他当上煤炭局的副局长之后，在洛水县，追捧他的人就多了起来。向他投怀送抱的女孩儿数都数不过来，可是没有一个能让他动心的。以前，他对贺冬梅动过心，但是不敢动手。现在，贺冬梅与刘文浩离婚了，还主动来找他，不免让他有些想入非非。拥有万贯家财的贺秋枫和李学姝只有贺冬梅这么一个女儿，所以他一旦与贺冬梅结了婚，就能一下子过上天堂般的生活。至于别人会不会笑话他娶了个二婚的媳妇，他是不会在乎的。

贺冬梅带着他乘电梯来到了顶楼的总统套房——锦宏大酒店用来接待贵宾的豪华包房。方成仁听说过锦宏大酒店的总统套房，但是没有亲眼见过。一进门，他就被这高雅、气派的房间惊呆了。总统套房由总统房、总统夫人房、书房、会客厅、休闲室、会议室及室内游泳池组成，占了整整一层楼。这是锦宏大酒店最豪华、最尊贵的地方。

贺冬梅把方成仁引到宽大的会客厅，坐在沙发上吃点心、喝咖啡。贺冬梅问方成仁：“感觉怎么样?”

方成仁没弄清她指的是什么，含糊地说：“好啊!”

贺冬梅说：“我看不出好在哪里!”

方成仁以为她说的是电视里演的《画皮》，忙说：“比小说好看，视觉效果不错！主题更鲜明、更突出了……”

贺冬梅见方成仁所答非所问，便顺着方成仁的话茬儿问道：“剧里的女主角演得好吗?”

“赵薇演的佩蓉温婉贤淑……”

“那周迅呢?”

“周迅演的小唯也不错!”

“你是喜欢佩蓉，还是喜欢小唯?”

方成仁不明白贺冬梅的意思，只好低下头，看着地毯：“那么，你看好剧中的哪位男主角呢?”

贺冬梅没想到方成仁会问她这个问题，一时答不上来。她连喝了两口咖啡，抬起头来问道：“假如我是小唯，你喜欢吗?”

方成仁紧张起来：“不，我不是小易，不能取人心养你……”

贺冬梅不禁掩面而笑，娇柔地说：“方哥，我不要你做小易，我要你做王生。”

方成仁长长地吁了一口气，稳定了一下情绪，然后迟疑而又胆怯地说：“王生文武双全，能让女人动容……我不行!”

贺冬梅走过来，与方成仁坐在同一个沙发上，娇媚地说：“方哥，我不是小唯……我只要你。”说着，她便倒在了方成仁的怀里。

方成仁的心脏狂跳起来，不知如何是好。

贺冬梅亲吻了一下方成仁的脸颊。

不知不觉中，两个人狂吻了起来。最后，方成仁把已经瘫软如泥的贺冬梅抱起来，放到了床上……

俗话说：“大暑小暑，上蒸下煮。”正值三伏天，雨下得很大，洛水煤电一体化项目建设工地一片汪洋。洛水涨潮了，洪水奔腾而下。雨停了，太阳炙烤着大地。住在抗震棚里的村民处在水深火热之中，十分难受，纷纷走出来，聚集到了煤电一体化项目建设指挥部周围。

半个月以来，鲲山煤矿的施工毫无进展。袁崇贵正在与村民代表座谈，试图说服村民代表，达成协议，尽快恢复施工。这时，王钰推门进入了会议室，低声向余忠汇报了一些情况。听完汇报，余忠不露声色地与身旁的袁崇贵耳语了几句，便和王钰一起走出了会议室。他召集了一些联合工作队的队员和派出所的民警，分组去做群众的工作。

原来，王钰向余忠汇报的情况是：有一些村民聚集起来闹事。余忠和王钰带队来到村民们中间，主动和村民们打着招呼。

王钰和余忠简单地交流了一下，便饱含真情地大声对村民们说："各位父老乡亲，你们受苦了！你们的心情，我们理解！现在，你们最关心的是什么时候能够搬进新房……请大家放心，我一定把你们的要求如实向领导汇报！请大家回去吧，好让领导和村民代表安心地商量，把这些问题解决了！"

但是，村民们显然不想听王钰的话，仍然为煤电一体化项目建设影响了他们的生活而愤愤不平……

袁崇贵见局面很难控制，只好离开了现场。

在煤电一体化项目建设工地，王钰连续工作了七天。她在烈日下、泥水中奋战，头发蓬乱，衣服上全是汗渍，很不雅观。胡秋萍、罗丽英和张晓莉也是一样，好多天没有洗澡和换衣服了。王钰见姐妹们实在太狼狈了，便让她们回派出所去休整一下。

她们回到派出所，洗完澡，换好衣服，刚开始吃午饭，乡党委书记李学胤便打来电话说："洛表、洛亥、洛旺三个村子的部分村民不听劝阻，要到县城去请愿。你们赶快带民警过去阻止他们!”

王钰、胡秋萍、罗丽英和张晓莉连忙放下饭碗，到公路上去拦截村民们了……

她们苦口婆心地劝村民们不要到县城去，可是村民们仍然坚持要去。

王钰:“我们劝你们回去，是为你们好!”

村民:“王副所长，你们是好人……这个我们明白!”

王钰:“既然这样，你们就听我们的，回去吧！有什么需要解决的问题，尽管对我们说!”

村民:“我们的问题与公安机关无关，你们帮不了我们!”

王钰:“肯定与煤电一体化项目有关……可以直接向煤电一体化项目建设指挥部反映!”

村民:“找他们不管用！原来的总指挥是个调研员，没有权力，说话不算数！现在这个总指挥是从省里来的，不懂农村的事情，说了也白说！我们要找书记、县长……”

王钰:“书记和县长日理万机……可能没有那么多时间见你们。”

村民:“他们没时间，我们可以到县城去找他们!”

王钰:“要不，你们写一份材料给他们看吧!”

村民:“还是当面说吧，浪费不了多少时间!”

王钰:“如果你们相信我们，可以让我们转达……”

村民:“你们再拦着我们，可别怪我们不给你们面子!”

王钰见劝说无效，便向县公安局作了汇报。

鲲山煤矿的施工毫无进展，令孔志开十分恼火。如果另外选址，必然会前功尽弃，无法向领导们交代。但是，如果强行施工，必然会惹怒群众，引发群体性事件。

下午三点，煤电一体化项目建设领导小组召开了会议，研究如何尽快恢复施工。会议刚开始不久，县委办公室的同志就接到了县公安局的电话：“洛源派出所副所长王钰报告，洛表、洛亥、洛旺三个村子的三百多名村民乘坐农用车、摩托车到县城请愿……经多方劝阻无效，预计半个小时以后到达县城。”孔志开得知了这个消息，脸色大变，连忙让秘书把电话记录念给大家听。

会议室里的气氛更加紧张了。孔志开连续吸了几口香烟，在烟灰缸里掐灭了烟头，压低嗓音说道：“村民们很快就要到达县城了……来不及劝阻。大家说说，应该如何应对?”

过了一分多钟，没有人回应。孔志开表情严肃地看着王世安：“世安，你是公安局长，有办法处理这类事情……你先说说!”王世安喝了一口茶，镇定了一下，然后说道：

“一、由煤电一体化项目建设领导小组来进行指挥。二、县公安局迅速派出警力，做好警卫工作。三、由县委宣传部牵头，组织相关部门积极做好舆论引导工作，防止不良信息传播和扩散。四、县委的领导亲自与村民代表对话，稳定村民的情绪，说服村民返回。五、采取适当的措施，解决村民的用餐、用水及卫生等问题，防止村民中暑、感染。六、由县委办公室牵头，收集和整理各种信息，研究对策，供领导决策。另外，请领导小组的同志们研究一下鲲山煤矿重新选址的问题，及时提出方案，报到市里。”

听了王世安的建议，孔志开让大家发表一下看法。周靖道第一个发言：“王局长的意见……解决不了问题。我认为，村民聚众示威是违法行为，公安机关把带头闹事的人抓起来就行了，没有必要惊动县委领导……”

王世安看了一眼周靖道，问了一句：“有这么简单吗?”

周靖道反问了一句："有必要搞得那么复杂吗？"

刚上任的县委副书记陈忠坚定地说："我认为，王局长的前几点建议很好，可以采纳。至于最后一点建议嘛，我看需要慎重考虑……"孔志开见别人没有提出新的意见，便宣布会议结束了。

王世安给县公安局的指挥中心打电话，命令他们立即启动"维稳处突应急预案"。打完电话，他坐在会议室的椅子上，重新点燃了一支烟，思考着可能出现的各种意外以及各种应对措施。他希望鲲山煤矿能够重新选址——这样的话，一切问题就都迎刃而解了。

王世安明白，现在最大的问题是，一旦重新选址，投资和运营的成本就会增大。现在闹成这个局面，把公安机关推到了风口浪尖……

胡秋萍向王钰和王世安请了假，说要到大学里去找高中同学。其实，她的那位在北京师范大学读硕士的高中同学已经毕业离校了，她是想在北京待两天，感受一下京城的文化。

中央音乐学院在西城区的鲍家街 43 号，离月坛南街不远，胡秋萍想先去那里看一看。她漫无目的地在校园里走着，观赏着这座音乐的圣殿。校园太大了，她走了三个多小时，已经筋疲力尽了。最后，她只好依依不舍地离开了中央音乐学院。

第二天，她去游览了国家大剧院。这是国家的最高艺术殿堂，东靠人民大会堂，北望中南海。胡秋萍虔诚地绕了一圈儿，又以剧院为背景拍了几张照片，然后买了一张票，到里面去参观了一下。

她不惜重金买了观看歌剧和听音乐的票，连看了两场。

在歌剧厅，她坐在第三排，离演员很近。随着剧情的发展，她犹如身临其境，进入了亦真亦幻的梦境。

在音乐厅里，她被雍容华贵的气氛包围着。一首首经典的歌曲震撼了她的心灵，使她流连忘返。散场了，她仍然坐在座位上不肯离开。她幻想着有朝一日自己也能站在舞台上……

在北京，奥运圣火已经点燃，正在传递。再过三天，奥运会就要开幕了。她很想看一看奥运的盛况，但是已经来不及了，她必须马上回洛水。于是，她跑到书店去买了一大堆音乐方面的书籍和光盘。回到洛水，她一有空就看书、听歌。丈夫张云武发现她变了，说她是“音乐发烧友”。是的，胡秋萍变了——她对人生的价值和意义有了新的认识。

胡秋萍回到洛水以后，刘文浩也回到了洛水。刘文浩坐的是火车，在洛源站下车。出发前，他打电话让王钰带着儿子到火车站去接他，可是县公安局临时开会，王钰脱不开身，只好请胡秋萍帮她去接刘文浩了。

胡秋萍长发披肩，穿着白色的裙子，站在出站口等候着刘文浩。可是，旅客们都走光了，火车开走了，她也没有见到刘文浩。她自言自语道：“他会不会去了洛水?”

她离开出站口，看见站前广场上有一个人在四处张望。她走过去问了一下，得知那个人是刘文浩。她连忙向刘文浩打招呼：“刘主任，王姐到县里开会去了，让我替她来接你!”刘文浩看了看胡秋萍，说：“噢，我都认不出你了!”

胡秋萍有些不好意思地说：“我也差点儿认不出你!”

刘文浩说：“你变得比以前漂亮了，气质也与以前不一样了。”

胡秋萍说：“你也变了，而且变化很大……”

从外表上看，刘文浩确实变化很大。但是，他的内心世界变化更大。在医院治疗的几个月里，他看了不少书，想了不少事。他的思维方式，甚至理想、信念都发生了巨大的变化。在不到两年的时间里，他的父亲提前退休了，他的婚姻发生了变故，他意外地受伤了……发生的这一切让他一下子成熟起来，不再有那种激情与热情。人在经历过苦难之后，往往会变得成熟。刘文浩在遭受了一系列沉重的打击之后，变得更加沉稳、淡定、坚毅了。

刘文浩淡淡地笑了笑，不无感慨地说："一切都在转眼间发生了变化……你变了，我也变了。"

胡秋萍一只手叉腰，表情暧昧地说："那我呢？"

刘文浩轻轻地摇了摇头，什么也没说。胡秋萍穷追不舍："你是不是想说，我是'东施效颦'？"

刘文浩仍然沉默不语。

在去洛源镇政府的路上，刘文浩想起了几个月前发生交通事故时的情形。经过事故发生地时，他叫胡秋萍把车停了下来。他下了车，闭上眼睛，默默地祈祷着。

刘文浩在胡秋萍的带领下，来到了王钰的宿舍。他看见王钰的母亲正在哄襁褓中的孩子睡觉，便双膝跪地，诚恳地说："对不起，伯母，我让你们失望了！你们受苦了！"

杨云锦被刘文浩这突如其来的举动给搞晕了，心疼地说："别这样！你的伤还没有痊愈，快起来！"刘文浩没有起来，伤心地说："伯母，让我跪着吧！都是我的错！"

这时，王钰推门进来了。王钰和母亲一起把刘文浩扶了起来，三个人抱头痛哭。这时，孩子被吓醒了，大哭起来。

王钰抱起孩子，嘴里不停地说："宝贝别哭！你爸爸来了！"

刘文浩抹去脸上的泪水，从王钰的手里接过孩子，傻傻地看着，就像在欣赏自己的得意之作。

刘文浩和王钰办好了结婚证，准备在国庆节的时候结婚。刘文浩的父母和王钰的母亲拿出自己的住房公积金，帮助他们在洛水县城买了一套二手房，并且置办了家具和生活必需品。他们不打算举行婚礼了，决定旅行结婚。到哪里去旅行呢？王钰提议去海南，刘文浩满心欢喜，可是订机票时才发现，小宝贝还没有取名字，没法落户——没有户口就买不了机票。那么，给孩子取个什么名字呢？

王钰说，给孩子取名字是父亲的事情。刘文浩想了想，说：“叫‘刘海洋’吧，怎么样？”王钰点了点头，说：“海纳百川……这个名字好！”

10月的朝阳，秋雨绵绵。飞机从朝阳机场起飞，在低空盘旋了一会儿，便穿过云层，直冲云霄。刘文浩在窗口俯瞰着外面的景色，映入眼帘的是层层云雾和连绵起伏的山川。碧蓝的天空中，雪白的云朵姿态万千。

到了海南，他们立刻就被眼前的美景陶醉了。湛蓝的天空、明媚的阳光、浩瀚的大海、清新的空气、柔软的沙滩、摇曳的椰树……让他们心旷神怡。

10月的海南依然炎热，他们又带着小海洋，不便走太多的路，所以他们一到海南就住进了临海的酒店。早晚凉快时，他们就在沙滩上走一走，带着小海洋玩一玩。刘文浩和王钰牵着小海洋的小手，漫步在海边，留下了三排脚印。他们把小海洋的鞋子脱了，让他在水中嬉戏。刘文浩和王钰笑了，笑得十分开心……

在岸边的一棵有些倾斜的椰树下，有许多游客在照相。

女人们飘逸的长裙为美丽的海滩平添了许多灵动……一个蓄着长发、留着小胡子、穿着蓝底白花衬衣的艺人在为游人们画漫画。王钰也想请他画一幅画，便向他提出了请求。他打量了一下刘文浩、王钰和小海洋，思索了片刻，寥寥数笔便画出了一幅动人的全家福……

台风将至，刘文浩和王钰连忙收拾行装，准备返程。此时，小海洋还在熟睡。刘文浩站在窗口，看到了矗立在海水中的两块巨石被海浪磨去了棱角，却毫不动摇。他万分感慨地对王钰说："爱情亦如石头，只有经过磨砺才能如此坚固。"

第二天早上八点左右，他们回到了洛水。刘文浩在厨房里做早点，王钰抱起小海洋，准备喂奶。这时，传来了敲门声。

王钰把儿子放到床上，隔着门客气地问："谁呀？有什么事吗？"

门外传来了一个男人的声音："我们是检察院的，请开门！"

王钰犹豫了一下，打开了房门。门外站着三个穿制服的人——王钰认识，一位是县检察院反贪局的副局长覃明聪，另外两位是他的下属。王钰连忙打招呼、让座。

覃明聪表情冷峻地说："我们就不坐了，先办正事吧！"

王钰依然很客气地说："先喝口茶吧！"

刘文浩从锅里捞面条时烫了手，赶紧把碗放到灶台上，弄出了声响。覃明聪警觉地向厨房那边看了一眼，王钰连忙笑着说："没什么，是我丈夫在厨房里做早点！"

覃明聪严肃地说："那就把他叫出来，我们要见他！"

刘文浩听到外面有人要见他，便从厨房里走了出来。

覃明聪抬起头来看了看刘文浩，问："你就是刘文浩？"

刘文浩半开玩笑地说："是啊，本人就是刘文浩！"

覃明聪厉声说道："你涉嫌受贿……签字吧！"一名检察官从档案袋里取出逮捕证，递给了刘文浩。

刘文浩一下子就被他们给搞蒙了。王钰一把夺过逮捕证，大声责问道："你们有没有搞错？"

覃明聪冷笑了一声，阴阳怪气地说："王警官，你冷静点儿！"

王钰厉声喝道："你们有什么证据？不能冤枉好人！"

覃明聪结结巴巴地说："你……不要激动！有人揭发了刘主任，我们才立案侦查的。"

王钰轻蔑地说："覃局长……怕是有鬼吧！"

覃明聪连忙解释说："王副所长，你别误会！"

王钰听明白了几分，转身无奈地对刘文浩说："老公，咱们身正不怕影子斜！去吧，我相信你！"

深秋，未及枯黄的树叶在阵阵的寒风中纷纷落下。枯黄的野草上附着秋霜，美得让人心醉。

刘文浩突然身陷囹圄，让王钰身心俱焚。寒风呼呼地拍打着半开的窗户，王钰连忙起身去关窗。望着窗外那落光了叶子的樱桃树，她声嘶力竭地喊着："老天，不公啊！"她把儿子抱在怀里，眼泪直往外淌。

王钰坚信自己的丈夫是清白的，唯一有可能出问题的就是他用过贺秋枫送的车。但是，他很快就把那辆车还给了贺秋枫，不应该有什么问题。检察机关刚开始调查，一时半会儿还得不出结论，她只有等待……

入夜，王钰看着满天的繁星，陷入了沉思。突然，静静地躺在茶几上的手机响了。谁会在这寒夜里找她呢？她拿起手机一看，原来是张云武……

张云武有气无力地咳嗽了一声，然后提高了音量说道："这么晚了打电话给你，打扰了！"

王钰感觉张云武的情绪有些低落，便爽快地说："没事……有什么事，你尽管说！"

张云武叹了一口气，无精打采地说："一言难尽啊！如果方便，我想当面对你说。"

王钰觉得时间太晚了，不太方便，便用探询的口气问道："现在吗？"

张云武长叹了一口气，无可奈何地说："不行就换个时间吧！"

王钰不好再问，有些勉强地说："要不然，你马上过来吧！"

十几分钟后，张云武灰头土脸地来到了王钰家。王钰把他让进屋，给他倒了一杯热水，问道："你吃饭了吗？要不，我给你弄点儿吃的吧！"张云武摆了摆手，说："咱们先说正事吧！"

王钰说："好的，你说吧！"

张云武说："我知道你现在心里很苦，本不该来打扰你，但是我心里实在难受……有些话不好向别人说。你是秋萍的直接领导，你们又是好姐妹……请你帮我劝劝她吧！"

王钰说："秋萍怎么了？"

张云武说："我们之间的感情出了点儿问题……我说话，她听不进去……你劝劝她，别让她走极端了。"

王钰说："有这么严重吗？你们之间到底发生了什么？"

胡秋萍在一年前认识的那个声乐老师蒋小兵，荣获了"中国音乐金钟奖"之后，声名鹊起。他想趁热打铁，多赚点儿人气和钱财，便学着大明星们的样子，录制了三千张CD盘，四处开演唱会。国庆长假期间，他来到洛水，连续开了三场演唱会。胡秋萍跑前跑后，不离左右，帮他布置会场、销售门票。蒋小兵十分感动，不厌其烦地回答胡秋萍的问题，传授给了胡秋萍不少演唱的技巧。

最后一场演唱会结束之后，胡秋萍请蒋小兵吃了一顿烧烤。几杯酒下肚，蒋小兵对胡秋萍大加赞赏，说胡秋萍不仅声音条件好，而且很有悟性，只要坚持下去，一定能成才。胡秋萍十分得意，动情地说："听君一席话，胜读十年书！师恩难忘，不知怎样才能报答！"蒋小兵见胡秋萍如此高抬自己，有点儿神魂颠倒。他夸下海口，说如果胡秋萍想在歌唱事业上有所作为，他要助胡秋萍一臂之力。胡秋萍喜出望外，要认蒋小兵当哥哥。蒋小兵也不推辞，从此二人便以兄妹相称了。

胡秋萍完全被蒋小兵的气质和义气征服了。她送蒋小兵回宾馆的房间时，蒋小兵抱住了她，她也没有拒绝。

两个多小时以后，胡秋萍回到了家。张云武刚审完案子回到家，正在用热水烫脚。他见王钰进了屋，头也不抬，含混地吐出了两个字："加班？"

胡秋萍感到一阵寒气袭来，打了个寒战。她有些心虚、胆怯，不知道该如何回答。她迟疑了几秒钟，反问道："怎么，你也加班了？"

两三个月以来，胡秋萍反常的情绪早已引起了张云武的注意。几天来，胡秋萍魂不守舍，总是很晚才回家，让张云武深感不安。听到胡秋萍答非所问，张云武觉得她心里一定有鬼。他抬起头来，看到胡秋萍刚洗过、吹过头发，并且补过妆。从胡秋萍身上散发出了浓浓的香水味……别说他是一名侦查员了，单凭男人对女人的敏感，他也能猜出发生了什么。他装作若无其事，倒掉洗脚水之后，走到卧室里，连衣服都没脱就倒在床上睡了。

她知道，这件事情瞒不过他。

过了一会儿，胡秋萍轻手轻脚地走进卧室，轻轻地把被子盖在张云武身上。她把衣服脱了，在他身旁睡下了。

屋外的蛐蛐在叫，屋内寂静无声。

胡秋萍用手摇了摇张云武的肩膀，小声问："你怎么了?"

张云武一把掀开被子，翻身坐起来，痛苦而愤怒地大声喊道："我怎么了，你不知道吗?"

这时候，张云武已经失去了理智，像一头狂怒的雄狮一样咆哮着。胡秋萍吓得直打哆嗦，护着自己的脸。

他把拳头高高地举起来，但是没有打她，而是重重地砸在了被子上。他痛苦地喊道："你告诉我，这究竟是怎么回事?"

她很诚恳地说："我还是跟你说实话吧……我真的喜欢他。"

"这不是真的!"

"是真的!"

"你在骗我!"

"我没有骗你!"

张云武疯狂地抱住了胡秋萍，绝望地喊叫着。

"你打我吧!"她说。

"不！告诉我，你是不是不爱我了?"他说。

"我爱你，像过去一样!"她说。

"那蒋小兵呢?"他问。

"我……我需要他!"她回答道。

张云武抓住胡秋萍的双肩，用力地摇了几下：“你怎么变成这样了呀！”

“是的，我是变了。我的工作压力越来越大，可是我的工作环境和生活条件却没有明显的改善。我们虽然结婚了，感情上有了寄托，但是我们的生活和工作状态并没有改变。我需要精神上和物质上的补充，而你却无法给我这两样东西。你每天除了破案，什么都顾不上，根本就无法满足我的需求……”

“你嫌弃我了？”

“不，我爱你！你在工作中任劳任怨……在生活中对我十分体贴，对我的母亲十分尊重……是我心爱的男人。”

“那你为什么要背叛我？我无法原谅你，我们分手吧！”

“离婚？我不愿意离开你……”

“难道你要脚踩两条船——既不和我离婚，又要和蒋小兵一起鬼混？”

“我只是想得到他的支持和帮助。你应该理解……”

“别说了！无耻！”张云武抬起胳膊，重重地打了胡秋萍一记耳光。

胡秋萍捂着脸，委屈地哭了。

张云武也想哭，但是哭不出来。他去了客厅，呆呆地坐到了天明。他无法接受这个冷酷的事实……他有稳定的职业，还有一个活泼可爱的妻子。三年前，他被提拔为刑警大队的副大队长，事业蒸蒸日上。这种令人尴尬的丑事怎么会让他遇上呢？

上班的时间到了，张云武坚持要去上班——刚破获的那起抢劫案，还有一些证据要搜集。同事们见他有些萎靡不振，以为他是前一天晚上加班审讯案犯，没有休息好，便劝他回家去休息。于是，他便把工作移交给了同事。

他没有回家，一个人来到了县城唯一的公园——龙潭公园。晨练的人们早就走了，公园里空荡荡的。他坐在潭边的石凳上，点燃了一支烟。望着清澈的潭水和远处模糊的山色，他陷入了沉思。他原以为自己与胡秋萍在一个单位工作，是志同道合的一对，一定能够同舟共济，可是……

在这一年多的时间里，他无论在工作中还是在生活中都感到无比幸福。可是，一夜之间，一切都像泡沫一样破灭了。人都是自私的，可他却相信“十年修得同船渡，百年修得共枕眠”。

咎由自取，怪不得别人！

他闭上眼睛，回想着过去的一切。爱与恨交织在一起，转眼就化为乌有了。他睁开眼睛，看到横在潭上的那棵古树，想起了古人留下的一副对联的上联“古树横潭鱼在枝头鸟在浪”……至今无人能对上下联。他忽然明白了，树和鸟映在水里都是虚无的……树不动，水在流，鸟在飞，鱼在游——该去的就让它去吧，何必强求！

中午，张云武回到家里，刚打开门就闻到了饭菜的香味。他一言不发，默默地坐在了餐厅的凳子上。胡秋萍也不说话，掀开扣在碟子上的碗，然后倒了两杯酒。他端起一杯酒，一饮而尽。她也端起了一杯酒，一口气喝了下去。

胡秋萍提议：“咱们一起干一杯吧！”说着，她又倒了两杯酒。

于是，两个人碰了一下杯，把酒喝了。

胡秋萍哭了：“也许，以后我们再也不能在一起吃饭了。求你了，再陪我喝一杯吧！”

张云武也想哭，但是他不愿意在女人面前哭。他看了胡秋萍一眼，端过酒杯，喝光了杯中酒。他想要离开餐桌，但是她伸手拽住了他。他站着不动，她索性伏在桌子上哭诉起来：“我知道，我做了对不起你的事，伤害了你。现在，我真的不知道该怎么办了！我知道，你无法原谅我……我还是想和你一起生活。求你给我一个机会……”

张云武终于开口说话了：“我没有信心……你想当歌星、做名人……你瞧不起我的职业。既然这样，那么我就成全你吧！”

胡秋萍不再言语，抓起酒瓶，一股脑儿地喝光了剩下的酒。

胡秋萍喝得太多了，倒在餐桌上睡着了。

张云武也想睡，但却睡不着。他躺在沙发上胡思乱想着：“这种婚姻，不过是逢场作戏罢了。不如一个人过，随遇而安……”想着想着，他便睡着了。

过了很长时间，他们才醒了过来。胡秋萍倒了两杯热水，一杯自己喝了，一杯递给了张云武。她轻描淡写地说：“离就离吧！你走你的阳关道，我过我的独木桥！”

“今后，你有什么打算？”张云武一边喝水，一边问道。

“过一天算一天吧！我想离开这个地方……”

“你要去哪儿？”

“去当‘北漂’！”

“你不想当警察了？”

“嗯……”

“那你妈妈呢？”

“我唯一放心不下的就是我妈。看在我们夫妻一场的分儿上，你帮我多照顾一下她老人家吧！”

张云武严肃地说：“我劝你……还是留在洛水吧！当警

察没什么不好的！”

“别说了，我已经拿定主意了！”

张云武还想说什么，被胡秋萍制止了。

万念俱灰的张云武去了自己的办公室，想在忙碌的工作中忘掉悲伤。

胡秋萍决定辞掉工作，不再上班了。她从橱柜里拿出一瓶酒，自斟自饮起来……

张云武怕胡秋萍发生意外，想让王钰去做她的思想工作——毕竟王钰经历过感情的挫折，更能理解胡秋萍。

王钰收拾了一下，把孩子托付给母亲，便到胡秋萍家去找胡秋萍了。

这时，胡秋萍正披头散发地坐在沙发上愣神儿。

听见有人敲门，胡秋萍迟疑了片刻，然后大声问：“谁呀?”

王钰连忙说：“是我，王钰！”

胡秋萍把门打开，客气地请王钰进了屋。

胡秋萍赶紧到卫生间去洗了一把脸，简单地梳了一下头发，然后给王钰倒了一杯热水：“王姐，喝点儿水吧！”

王钰接过水杯，充满歉意地说：“不好意思，我没打招呼就来了！”

胡秋萍笑了笑，说：“没关系，我也没什么事……”

王钰微笑着上下打量了一下胡秋萍：“几天不见，你好像瘦了！”

胡秋萍摸了一下自己的脸，淡淡地一笑，说：“是吗?”

王钰开玩笑说：“国庆期间，我跑到外地去休假，没顾上大家。国庆七天假，你天天在家销魂，把身体搞垮了吧！”

胡秋萍羞愧地说：“王姐，你就别取笑我了……人家都快伤心死了！”

“什么事让你这么伤心？”王钰明知故问。

“你就别兜圈子了，一定是张云武让你来找我的！”胡秋萍说。

王钰见胡秋萍已经知道了自己的来意，便直截了当地说：“别离开洛水了！也许他会回心转意，和你重归于好……”

“不可能！他是个要面子的人，是不会原谅我的！”

“那你也没有必要辞职啊！”

胡秋萍想了想，认真地说：“王姐，你平常总是关心、帮助我，还救过我的命……干我们这一行，工作任务重、难度大、风险高，待遇也不是很高，实在是费力不讨好……”

王钰见胡秋萍越说越激动，连忙插话道：“你说的这些，我都知道。民警待遇低的问题，迟早会解决！全国第二十次公安工作会议的精神，我们不是反复学习了嘛！”

“每个月，我和张云武两个人的工资加在一起还不到五千块钱。除了还房贷、给老人零用钱，最后剩下的生活费只有两千五百元左右，实在是不够花呀！不怕你笑话，结婚一年多了，我们连怀孕的事都不敢想——怕生下来养不起。”

“我觉得，应该看得长远一些，不能只看眼前。”

“我自己的事情就由我自己来负责吧，你就不要为我操心了。”

王钰没什么可说的，只好离开了。

王钰离开胡秋萍的家之后，就去找王世安局长了——除了汇报胡秋萍辞职的事情，她还想请几天假，在家休息几天。

刘文浩被捕入狱了。他是刚刚卸任的市委领导的儿子，所以他的被捕在洛水和朝阳激起了轩然大波。人们谈论最多的，当然是“谁揭发了刘文浩”。于是，贺秋枫和贺冬梅父女俩便成了头号“嫌疑人”。

贺冬梅与方成仁结成了夫妻，过上了快活的日子。县煤炭局的局长因受贿而被捕入狱之后，方成仁便开始主持县煤炭局的工作了。小煤矿破坏环境、浪费资源，事故频发，上级领导要求关停年产量在三万吨以下的小煤矿。小煤矿的矿主缺乏资金，又没有管理能力，只好把小煤矿转卖了。方成仁知道哪些煤矿的储藏量大、开采条件好，便及时、准确地把信息传递给了贺秋枫。贺秋枫以全部资产作抵押，向银行贷了款，又借了一些高利贷，在一个月之内收购了二十余个小煤矿。

就在他们兴高采烈地庆祝胜利的时候，贺冬梅得知刘文浩伤愈出院，回到了洛水，并且将和王钰一起到海南去旅行结婚。贺冬梅醋意大发，想以刘文浩收受那辆轿车为由，告他受贿。

对此，方成仁表示反对——他和刘文浩曾经是朋友，在县委机关共过事。李学姝认为，这样做不太好，会遭人谴责的。可是，贺冬梅却固执己见，坚决要除掉刘文浩，以绝后患。

可是，在写控告信时，贺冬梅傻眼了——行贿和受贿都有罪，她和她的父亲也是有罪的。怎么办？放弃吗？绝对不行！她一定要把刘文浩送进大牢，以解心头之恨。于是，她打电话给锦宏集团的法律顾问——原洛水县人民法院的副院长邱忠才，让他立即到她的办公室来。

邱忠才得知贺冬梅要置刘文浩于死地，心跳立刻就加速了。他连续吸了几口烟，稳定了一下情绪：“办这件事情，有一定的风险，我没有太大的把握。”

“有什么风险？”贺冬梅有些不高兴。

“弄不好，你们也要吃官司！”

“你不是当过法院的副院长吗？你连这个问题都解决不了，我们还聘你当顾问干什么？”

邱忠才喝了一口茶水，缓慢地说：“办法倒是有一个……不过，你们可得多花点儿钱！”

“别吞吞吐吐……快说！”贺冬梅不耐烦地说。

邱忠才迟疑了一下，小心翼翼地说：“要想让法院认定刘文浩受贿，你和贺总必须去自首。按照法律的规定，你和贺总的行为属于行贿，可以从轻处罚……”

“只要能把刘文浩送进大牢，花多少钱我都不在乎！”

“现在还不好说，到时候再说吧！”

“我什么时候去自首？”

“我先去见一见县检察院的领导，再作安排吧！”

王钰知道，刘文浩不熟悉法律，不知道如何摆脱困境。

刘文浩坐上警车，被直接押到了县检察院。他从未到过县检察院，不知道他们把他弄到这里来干什么。

“好好想一想，想好了再说！”覃明聪说完，便反锁上了讯问室的门……

2008年，洛水的冬天比往年来得早一些。大雪纷纷扬扬地下了三天，厚厚的积雪覆盖了整个洛水县城。

刘学峰夫妇跑了几趟商场，给亲家公买了一条围巾和一顶帽子，给亲家母买了一条披肩和一件线衣，给儿媳妇买了一件披风，给孙子买了几套玩具，然后便坐车赶往洛水了。

王钰得知公公婆婆要来洛水，连忙把房间打扫干净，并且买了一张大床。她买了许多鸡蛋、猪肉、蔬菜、水果，把冰箱装满了。为了在家陪伴两位老人，她还专门请了三天假。

王钰带着儿子一进车站，就见到了两位老人。王钰悄悄地抹去了泪水，把两位老人迎回了家。看着活泼可爱的孙子，两位老人的脸上露出了笑容。

第二天，刘学峰夫妇在王钰的陪同下，去看望了王玉甫和杨云锦。刘学峰握着王玉甫的手，动情地说："犬子不孝，让你们伤心、受累了！"王玉甫也动情地说："我相信，文浩是冤枉的！"

过去的朋友得知刘学峰和张怡回到了洛水，纷纷前来看望。

刘学峰和张怡想早点儿回到朝阳，为儿子聘请律师。王钰虽然舍不得让公公婆婆走，但是为了刘文浩能够早日申冤，她到汽车站去给他们买了两天后的客车票。

王钰刚回到家，手机就响了。电话是杨云锦打来的："你爸爸病倒在教室里，被送到县医院抢救了。"父亲平日里身体很好，怎么会突然病倒了呢？王钰简单地对公公婆婆说了一句"我父亲病了，我得去医院"，便走出了家门。

王玉甫的身体一向很好，快退休了还在当高中毕业班的班主任，上三个班的历史课。三个月前，他发现自己口干、烦躁、失眠……牙龈及鼻腔出血，食欲减退，上腹胀满，以为是肠胃炎，便去药店买了些药吃，却未见好转。他没有在意，仍然坚持上课。下午三点半左右，他在讲课的时候突然满头大汗地伏在了讲台上。他试图站起来继续讲课，但是双腿无力，无法站立。于是，他便让学生扶着他离开了教室。

洛水县医院的医疗水平有限，无法准确诊断，医生建议王玉甫转到华西医科大学附属医院去诊治。杨云锦和王钰都去照料王玉甫了，张怡只好留下来照看孙子。

王玉甫心跳过速、面色青紫，内心却很坚强。他看见老伴和女儿都很紧张，便假装轻松地和她们开起了玩笑……

华西医科大学附属医院是西南地区最权威的医院。王玉甫住院的第二天，诊断结果就出来了：肝癌晚期。

杨云锦还没听完医生的介绍，便双腿一软，晕倒了。王钰被父亲的重病和母亲的昏厥吓着了，连忙对医生说："求求您，救救我的父母！"

医生和护士二话没说，在现场采取了急救措施，杨云锦很快便苏醒了。王钰谢过医生和护士之后，决定让母亲回家休养，自己留下来照顾父亲。可是，学校的领导和老师觉得，王钰身为派出所的副所长，重任在身，不宜久留在医院；杨云锦年纪大了，也不宜长时间在医院里照顾病人。他们觉得，王玉甫是德高望重的老教师，病倒在了课堂上，学校有责任照顾好他。于是，校方决定，让学校的老师们轮流照顾王玉甫。

可是，杨云锦和王钰母女坚持要留下来。她们知道，对于肝癌晚期的患者而言，最重要的就是良好的精神状态。哪怕只有万分之一的希望，她们也要坚守在亲人身边，给他以精神上的鼓励。

望着手术后躺在病床上的父亲，王钰心里十分难过。她知道，父亲是因为遭受了多重打击才病倒的。做完手术之后，父亲需要进行多次化疗，长期需要陪护。于是，她向局领导请了长假，并且要求辞掉副所长的职务。

洛水县公安局的领导们经过慎重研究，同意王钰请三个月假。考虑到煤电一体化项目建设时间长、治安问题多，领导决定让王钰改任洛源派出所的教导员，把治安大队的副大队长张淦昌提拔为洛源派出所的所长，罗丽英任副所长。另外，他们还给洛源派出所增加了两名男民警，以补充警力。对于这样的决定，王钰表示十分感激。

杨云锦内心十分痛楚，恨不得代替丈夫承受病痛的折磨。她静静地坐在特护病房外的椅子上，默默地祈祷着。

在王钰和母亲的精心陪护下，王玉甫以顽强的生命力和强大的心理承受能力扛住了手术和化疗的痛苦煎熬，创造了奇迹——化疗进行到第三个疗程的时候，癌细胞全部消失了。

春节前夕，王玉甫出院了。

正月十五刚过，王钰就收到了洛水县法院的文书——刘文浩受贿案将于十天后在洛水县法院审判庭开庭审理。她连忙打电话给刘学峰，把这个消息告诉了他。

刘学峰从洛水回到朝阳，第二天就去找司法局的领导了，希望能够找到一个仗义执言、主持公道的律师。市司法局的局长是刘学峰过去的同事，对刘学峰很客气，认真地向他推荐了经验丰富的双峰律师事务所的所长黄占佑。黄占佑接受聘请后，到洛水查阅了县检察院提供的卷宗，并到看守所会见了刘文浩。回到朝阳以后，他很有信心地告诉刘学峰，完全有把握作无罪辩护。

尽管如此，刘学峰还是不敢大意。庭审时，他同妻子张怡和亲家王玉甫、杨云锦，还有儿媳妇王钰一同到庭旁听……

庭审开始了。刘学峰、张怡、王钰、王玉甫和杨云锦看见刘文浩双手戴着手铐，面无血色，十分心痛。刘文浩也看到了他们焦虑、难过的样子，心里也很难过。

法庭上很肃静，给人一种庄严肃穆的感觉。但是，让大家没有想到的是，有不少老师和学员作证，刘文浩与王钰在市委党校培训期间关系暧昧。贺秋枫和贺冬梅送给刘文浩汽车的证据更充分——市委党校的办公室主任吴仕才和许多领导都作了证。可是，刘文浩早已把车送还给了贺秋枫和贺冬梅，却没有人作证。

最让大家想不通的是，律师黄占佑在辩护时，只轻描淡写地强调，刘文浩是偶犯，请求法庭判决时从轻处理，并没有作无罪辩护。他们哪里知道，贺秋枫、贺冬梅在得知黄占佑将要为刘文浩辩护之后，给了黄占佑一大笔钱。

一个星期之后，法庭宣判，刘文浩收受贿赂，数额巨大，且拒不认罪伏法，从重判处有期徒刑七年。

法庭上一片哗然，洛水县一片哗然。

刘文浩愤怒了，但是“理发师理不了自己的头发”，他有什么办法？

王钰被激怒了——身为妻子，眼看着丈夫受了冤屈，她岂能不抗争？

张云武、罗丽英、张晓莉、王世安、黄德培……洛水县公安局的全体民警都被激怒了。身为警察，他们岂能袖手旁观？

洛水县的广大干部群众纷纷为刘文浩鸣冤叫屈……

贺秋枫和贺冬梅听到了这些，没当回事儿，但是李学姝却有些害怕，经常失眠。

2009 年，煤炭的价格涨得非常快，钱就像潮水一样不断地流进了贺秋枫的银行账户。钱挣得多了，贺秋枫的派头更大了，出入都有保镖跟随。新上任的洛水县委书记张兴扬、县长李其炎，到任第三天就分别召见了贺秋枫，听取了他的意见和建议。贺秋枫感到很得意，有一种高高在上的感觉。

张兴扬和李其炎到任以后，煤价飙升，洛水县的财政收入大大地增加了，他们感到十分高兴。但是，那都是公家的钱，和他们个人没有任何关系。于是，他们就想了许多歪门邪道，以便往自己的口袋里捞钱。他们整顿了煤矿，要求全县所有的煤矿停业整顿。他们利用手里的权力大搞不正之风，谁出的钱多，谁就能早一些恢复生产。

在这个过程中，收钱最多的当数方成仁。他最高兴干的事，就是签发停业整顿和恢复生产的文件——坐地收钱，太轻松了。

李学姝退休以后，成了家庭妇女。她虽然不怎么出门，但是对社会上的舆论有所耳闻。她见丈夫和女儿花钱如流水，多次劝他们收敛一些，但是他们都把她的话当成耳边风，从不放在心上。渐渐地，她对丈夫和女儿产生了不满情绪，经常和他们吵嘴。贺秋枫和贺冬梅懒得听李学姝啰唆，经常找借口不回家。

一审判决以后，王钰以被告人亲属的身份到看守所去会见了丈夫。隔着冰冷的玻璃墙，两个人四目相对，泪如雨下。

王钰拿起了话筒，刘文浩也拿起了话筒，可是话到嘴边却又咽了下去。

沉默了许久，王钰才清了清嗓子，说："文浩，你瘦多了！"

"没事，我顶得住！你怎么样？家里人都好吗？"

"大家都好，都盼着你早点儿回去呢！"王钰没有把父亲得病的事情告诉刘文浩。

"真没想到，神圣的法律会被如此践踏！"

“文浩，我来见你，就是想要告诉你……你一定要上诉，讨回公道！”

“有可能吗？腐败到了如此地步……”

“你要有信心！大多数人都是有正义感、有良知的……”

“他们有恃无恐，要翻案可不太容易！”

“不怕，文浩！我们要有信心，总有一天会讨回公道……”

一个月后，朝阳市中级人民法院经过审理，认定刘文浩的犯罪事实不清，证据不足。不久，洛水县法院和检察院便收到了朝阳市中级人民法院“发回重审”的裁定书。

覃明聪让手下人收集了两份无关痛痒的证据，将案件移送到了洛水县法院。

一个月以后，洛水县法院再次开庭审理了此案。

一个星期以后，宣布了判决：维持原判。

刘文浩和王钰决定再次上诉，争取二审改判。王钰知道，要想二审改判无罪，就必须补充证据。她是被告人的亲属，无权取证，只有让律师帮助取证了。

于是，王钰想起了自己在警官学院读书时的恩师靳一平。她向局领导请了三天假，专程到省城去见靳一平。

靳一平是著名的法学教育家，并且是著名的律师。王钰是他的得意门生，所以他对王钰比较关心。听了王钰对案情的介绍之后，他决定助自己的学生一臂之力。

靳一平不敢耽搁，第二天就和王钰一起赶到了洛水。当晚，靳一平约见了王世安和黄德培。在洛水岸边的“隽水阁茶楼”，他们几个人见了一面。

靳一平认为，如果刘文浩没有利用职务上的便利帮助锦宏集团与朝阳市委党校合作修建金钟大酒店，就不构成受贿。

黄德培认为，如果能证明贺冬梅在送车前后追求过刘文浩，就可以推断出，贺秋枫、贺冬梅送车给刘文浩，是为了博得刘文浩的好感，与投资项目无关。

王世安强调，车子有可能被盗了，所以找到车子的下落十分重要。

三个人商定，靳一平负责搜集有关证据，黄德培负责安全保卫工作，王世安负责追回被盗车辆。

贺冬梅挥霍无度，不断地更换新车，并且四处炫耀。这一天，她一个人驾驶着一辆新买的红色“玛莎拉蒂”跑车闯了红灯，被执勤的交警给拦住了，罚款五十元。她拿出一沓百元大钞，重重地砸在交警手上，开着车就离开了现场。交警拿着钱，过了一会儿才反应过来，联系前方的交警把贺冬梅拦住，把多余的钱退还给了她。

人们都说，打高尔夫球是“贵族的运动”。贺秋枫爱上了这项运动，每周都要到几百公里以外的成都去打高尔夫球。

这一天，他刚走出成都麓山国际高尔夫球场，秘书和保镖便迎了上去。

贺秋枫闷闷不乐地上了车，坐在了后排的座位上。秘书黄晓翔小心翼翼地问：“贺总，今天怎么兴致不是很高啊？”

贺秋枫无精打采地说：“没什么！”

黄晓翔让驾驶员开慢点儿，轻轻地问道：“贺总是不是打球打累了？”

贺秋枫有些不耐烦地说：“别烦我！”

黄晓翔只好闭上了嘴，不再多问。

快到洛水的时候，黄晓翔大着胆子说：“贺总，是不是我有什么地方做得不够好……”

贺秋枫认真地看了黄晓翔一眼，说：“你这是什么意思？”

“贺总，我觉得，我跟着你的时间太长了。你应该找个年轻一点儿的人把我换下来!”

“你不是干得好好的吗？是不是觉得我亏待你了？”

“不是，我觉得……”黄晓翔不知该说什么好。

“你觉得什么？快说，别吞吞吐吐!”

黄晓翔考虑了一下，鼓起勇气说：“我觉得，贺总可以找一个女秘书!”说完，他低下头，不敢看贺秋枫。

“说明白点儿!”贺秋枫明白了黄晓翔的意思，却装作不知道。

黄晓翔见贺秋枫同意了自己的建议，高兴地说：“贺总，你看啊……现在，老总们出席各种场合，哪个不是带着漂亮的秘书或者年轻的太太呀！李婶老了，又喜欢去寺庙，不能陪你出门……找个女秘书陪着你多好啊!”

贺秋枫没有答话，陷入了沉思。他已经六十岁了，膝下只有一个女儿，挥霍无度……他不敢想下去，回过头来看了看黄晓翔，说道：“说说你的具体看法!”

“贺总，现在哪个大老板不是把大老婆休了，再娶个年轻的……”

贺秋枫一边听黄晓翔说，一边在心里盘算着。

过了三天，黄晓翔把一个身材高挑、面容姣好的女子带到了贺秋枫的办公室，介绍道：“贺总，这个小妹妹叫罗雁，今年二十三岁，刚从省艺术学院创意广告专业毕业……专门为您服务!”

贺秋枫上下打量了一下罗雁，故作严肃地说：“行，先试用一下再说吧!”

黄晓翔会心地一笑，转过身来，客气地对罗雁说：“小罗，贺总很信任你……你就在贺总身边好好工作吧!”说完，他便离开了办公室。

罗雁麻利地把办公室里的东西整理得井井有条。

贺秋枫坐在老板椅上，满意地看着罗雁，叫她休息一会儿。

罗雁心领神会，把手擦干净，给贺秋枫倒了一杯茶水，然后走到了贺秋枫身旁。

贺秋枫站起身来，伸手去接茶杯，装作不小心碰了杯子，茶水洒在了罗雁的手上。他一边心疼地说“烫着了吗”，一边拉过罗雁的手，为罗雁抹去茶水。罗雁没有拒绝，羞红了脸。

贺秋枫长时间地抚摸着罗雁的手。罗雁轻声说道：“贺总，你把我弄疼了！”

贺秋枫色眯眯地看着罗雁说：“你的手好柔软，摸着真舒服！你年龄比我小，身高却比我高……”

罗雁细声细气地说：“贺总，身高不是问题，年龄也不是问题。”

贺秋枫高兴地说：“噢，是吗？你真会说话！小雁，你这个名字太好了……你会飞吗？”

罗雁抿着嘴，娇嗔地说：“贺总，你真会取笑人！我是落雁，来到你身边就再也不飞了！”她一边说，一边把身子靠近了贺秋枫。

当晚，在锦宏大酒店的总统套房里，罗雁让贺秋枫重新燃起了欲火……

贺秋枫、贺冬梅父女俩疯狂地享受财富带给他们的快乐之时，靳一平、王钰、王世安、黄德培他们正在为刘文浩的事情奔忙。补充证据相对容易一些，可是追回被盗车辆却很难。一开始，吴仕才害怕牵连自己，不愿作证。靳一平告诉吴仕才，刘文浩的行为不构成“利用职权收受贿赂”。吴仕才这才消除了疑虑，证实“只是请刘文浩帮助他认识贺秋枫”。赵静承认了“受李学姝之托，不厌其烦地帮助贺冬梅与刘文浩牵线搭桥”的事实。李学姝也承认，她三番五次地请赵静为女儿求婚……刘文浩的确到她家去还了车辆行驶证和车钥匙。

方成仁害怕由于作证而惹怒了贺家父女，便不敢出来作证。不过，靳一平、王世安和黄德培有办法让他开口。洛水县的牛滚溏煤矿发生瓦斯爆炸事件，死了七个矿工。老板负有重大责任，被捕后关在洛水县看守所。王世安让民警对他进行讯问，鼓励他立功赎罪。于是，他毫不犹豫地说出了方成仁“借整顿之机两次向他索贿，共计三十万元”的犯罪事实。有了“敲门砖”，方成仁很快就缴了械，承认了“亲自开车陪刘文浩到贺家还车”的事实。

那么，车子在哪里呢？二审开庭的时间将至，靳一平不能等车子有了下落才出庭。

拿人钱财，替人说话！贺秋枫的律师和洛水县检察院的办案人员极力阻挠，二审法院不敢轻易判刘文浩无罪。但是，刘文浩确实没有利用职权收受贿赂，他们也不敢贸然维持原判。

为了确保中华人民共和国成立六十周年的庆祝活动顺利进行，全国公安机关加大了整顿治安、打击犯罪的力度。民警们在公路上层层设卡，逢车必查。9 月 18 日，川北中南县公安局的民警在检查中发现了可疑车辆。王世安派人连夜赶到中南县，只用了三天时间就破了案，把车追了回来。原来，一伙盗贼早就盯上了贺家的那辆车。方成仁开着那辆车送刘文浩去贺秋枫家的时候，把车停在别墅门前，忘了关车门。于是，这伙盗贼便顺手牵羊，把车偷走了。

第二次庭审结束之后，靳一平乘车返回了省城。临行前，王钰带着儿子小海洋和父母一起到靳一平住的酒店里为靳一平送行。王钰从父亲手里拿过一个包裹和一张银行卡，十分真诚地说："老师，谢谢您为文浩辩护！这是我们这里的一些土特产……还有，给您的费用。"

靳一平热情地同王钰的父母握了握手，然后表情严肃地说："我来洛水，是为了履行律师的职责……为了我们师生的情谊，不是为了钱。我们师生之间的关系是纯洁的，是用金钱买不来的。快把钱收起来吧！我在看守所里与刘文浩见了一面，了解了他的一贯表现，看了他在看守所里写的读书笔记……刘文浩不仅帅气，而且襟怀宽广，值得你爱！珍惜吧，祝你们幸福！"

王玉甫和杨云锦看着靳一平，钦佩地点了点头。王钰向靳一平鞠了一躬，用自己的方式向恩师告别。

2009 年的 5 月是闰月，国庆和中秋连在了一起，节日气氛格外浓厚。10 月 1 日十点钟，刘文浩被无罪释放了。他走出看守所的大门，看到大街上一片喜气洋洋的景象，心情十分愉快。

王钰没有去看守所接丈夫——她不想让别人说闲话。她正在家里做饭，刘文浩回来了。夫妻俩拥抱在一起，流下了喜悦的泪水。小海洋不知道妈妈为什么哭了，也跟着哭了起来。王钰笑着抱起儿子，小海洋马上就破涕为笑了。王钰指着刘文浩，让小海洋叫"爸爸"。小海洋怯生生地看着刘文浩，轻轻地叫道："爸爸！"

刘文浩快一年没见到儿子了，听到儿子叫"爸爸"，心都要碎了，赶忙抱起儿子亲了又亲。

刘文浩痛痛快快地洗了个澡，吃了午饭，和王钰一起带着儿子去拜见了岳父、岳母。一家人在一起有说有笑，其乐融融。刘文浩沏好了茶，端起一杯，单膝跪在杨云锦面前，双手将茶杯举过头顶，说："妈妈，您辛苦了！请喝茶！"然后，他站起来，又端起一杯茶，单膝跪在王玉甫面前，双手将茶杯举过头顶，说："爸爸，女婿未能在病榻前为您尽孝，十分惭愧！请喝茶！"王玉甫接过茶水，喝了一口，把茶杯递给了王钰。他把刘文浩扶起来，语重心长地说："贤婿啊，你连遭大难，历经磨砺，心智已经成熟了！孟子曰：'天将降大任于斯人也，必先苦其心志，劳其筋骨……'经历了此番磨难，你一定能顺利……"

都说丈母娘最疼姑爷——姑爷身体健康，女儿才会幸福。作为过来人，杨云锦很明白这个道理。她天天都做有营养的饭菜给女婿吃，好让他尽快恢复健康。

王钰听妈妈的话，在国庆的七天长假里，天天陪丈夫到户外去跑步、游泳、打球。没过几天，刘文浩就恢复了健康，和以前一模一样了。

节后，王钰和刘文浩各自去单位上班了。刘文浩到了县委宣传部，去见了新部长。他被告知，他因为入狱而被免职了，要等上十天半个月才能上岗。

刘文浩心想，自己都一年多没有见到父母了，不如趁此机会到朝阳去一趟，看望一下自己的父母。于是，他与王钰商量了一下，第二天早上便乘车去了朝阳。

近一段时间，王钰一直在休假，没顾上单位里的事情。刘文浩走了以后，她便去了单位，替换了节日带班的张淦昌。

派出所的工作很多，民警们忙得不可开交。

在上级领导的安排下，鲲山煤矿已经重新选址了。开工三个月以来，有大大小小一百多个施工单位的五千多名施工人员涌入了洛表、洛亥和洛旺三个村子。各种矛盾频发，处理的难度很大。稍有不慎，就会使矛盾激化……

近期，因为有大量人员涌入，当地物价猛涨，各种矛盾迅速升级，随时有可能发生激烈的冲突。为了及时调解各种纠纷，妥善解决各种治安问题，洛源派出所只留下两名民警处理日常事务，其他民警都驻扎在工程建设指挥部。节日期间值班的三名民警都休假去了，王钰、罗丽英和张晓莉都吃住在工程建设指挥部。她们连续忙碌了两天，累得腰酸背疼。下午六点多钟，几件比较棘手的治安问题终于处理完了，可以喘口气了。王钰在一家名叫“酸味鲜”的饭店订了一锅酸菜红豆汤，慰劳一下姐妹们。酸菜红豆汤酸、香、麻、辣、鲜，既爽口又开胃，洛水人特别喜欢。天快黑的时候，三个人聚齐了。她们刚坐下喝了一碗汤，王钰的手机就响了。工程建设联合执法队队长、县检察院副检察长急切地喊道：“快到指挥部来，街上有人打群架！”

于是，三个女民警一起跑出了饭店。大街上，一大群身穿工装、头戴安全帽、手持钢管的外地民工横冲直撞，见人就打。有十几个人被追打，跑到了工程建设指挥部。几百个民工堵在工程建设指挥部的大门口，叫嚷着要指挥部放人，气焰十分嚣张。

王钰担心她们三个人控制不住局面，急忙向县公安局的指挥中心报告，请求支援。

秋风萧瑟，冷雨飘零。

吃过晚饭，王世安回到宿舍，穿上风衣，准备去查看穿城而过的“213 国道”的交通情况。近期，县城里交通拥堵严重。

王世安走出宿舍，来到了门前的一棵老银杏树下。几度秋风起，几回落叶黄！青涩的嫩叶几经风霜，终究会枯黄、飘落。人生亦如此，青春年华终将逝去。似水的光阴如落叶般无情，来去皆无声无息。曾经的梦想，如同落叶一片片飘落。此时，他想起了唐朝诗人马戴的诗句：“落叶他乡树，寒灯独夜人。”秋气袭人，一股悲凉涌上心头。

深秋的傍晚，蒙蒙细雨下个不停。一片杏树叶子落下来，他不禁伸出手去把它接住了——这是秋天的最后一片树叶吗？

秋风、秋雨中，他独自走在街头。

“213 国道”建于二十世纪七十年代，起点为甘肃兰州，终点为云南景洪。“213 国道”路窄、弯急、坡陡，路边随处可见醒目的交通提示牌。由于路面窄、路况差，堵车成了常态。长达五公里的“213 国道”穿城而过，路面上拥挤不堪。2003 年，杭瑞高速公路洛水段开通后，“213 国道”洛水段的通行压力减轻了一些。但是，仍然有人为了节省高速公路的过路费，选择在“213 国道”上行驶。

王世安走到洛水县第一中学门口，发现成群的商贩以路为市，把公路占了一大半。此时，他接到了指挥中心的紧急呼叫：“洛亥村有三百余名民工和当地的群众群殴，打伤了十余人。派出所的民警和煤电一体化建设工地的保安人员无法控制局面……”

王世安立即命令指挥中心及城区派出所的全体民警前往煤电一体化项目建设工地，平息群殴事件。

城里交通堵塞，警车无法出警，王世安只好命令城郊“213 国道”警务站的民警，立即准备十辆卡车或客车，随时待命。

安排好警力之后，王世安在赶往指定集结地的路上给王钰打了个电话：

“喂，我是王世安！说说现场的情况！”

“我是王钰！我们快到指挥部了！”

“现场有多少人？”

“大概有二三百人，是湖南西邦建筑安装工程公司的民工！”

“你们有几个人？”

“三个人！”

“联合执法队呢？”

“估计有十来个人！他们大部分人都轮休了，还没回来！”

“伤人了吗？”

“我看见街上躺着六七个人！”

“你们赶快想办法找到公司的负责人！”

“明白！我认识这个公司的经理……我马上让他把民工们叫走！”

“还有，你们要组织村干部……稳定住群众的情绪……”

“不好了，有人手持棍棒冲到街上了！”

电话里传来一阵阵叫喊声，淹没了王钰的声音。

王世安没等民警们到齐，就命令紧急出动了。他让黄德培在这里等候，和随后赶到的民警们一起行动。

警务站的警车鸣笛开道，五辆大卡车紧随其后，快速向洛源镇驶去。

在去洛表、洛亥、洛旺三个村子的路上，道路十分泥泞。车轮陷在泥浆里，不断地打滑，使得汽车很难前行。

王世安见状，紧急命令民警们下去推车。车轮卷起的泥浆溅在了民警们的脸上、身上，可是他们全然不顾，只管奋力地往前推。推行了一段路，见路面稍微坚实了一点儿，民警们便坐上了车。走了不到一公里，路面又变得泥泞了，民警们只好又下来推车。刚推了不到一百米，前面的一辆装满煤炭的爆了胎的大卡车就把路给堵住了。

王世安着急了，连忙拨打了王钰的手机。可是，手机里仍然是一片嘈杂。王世安没有办法，只好叫来两位民警，让他们去说服货车司机，把货车推翻，让出道来。

五分钟后，道路畅通了，民警们推着车走了一百多米。路面好些了，民警们便迅速地爬上了车。可是，汽车行驶了一公里左右，路面又变得湿滑了。没办法，民警们只好再次下车，推着车缓慢前行。王世安心急如焚，大声喊道："跟我走!"于是，他便冲到了泥水中。

洛亥村的大街上，村民们手持棍棒从家里冲了出来。王钰见状，与罗丽英、张晓莉简单地商量了一下。王钰负责联系湖南西邦建筑安装工程公司的经理，让他把民工们叫走。罗丽英负责联系煤电一体化工程建设联合执法队的队员，让他们立即到现场劝阻民工和当地的百姓。张晓莉负责联系煤电一体化项目建设指挥部的负责人，让他组织指挥部的工作人员到邻近的村寨去劝阻村民。

王钰联系上了湖南西邦建筑安装工程公司的经理曾以恕，让他立即把民工撤走。曾以恕说，他不在洛亥，无法做工作。王钰认为曾以恕是在有意回避，便严厉地警告说："如果你不去做工作，将追究法律责任……"曾以恕也不示弱，强调这件事情与他无关。王钰说："民工们是跟着你出来挣钱的，不是跟着你出来惹祸的！他们要是死了或者受伤了，你怎么面对他们的亲人?"曾以恕听王钰这么一说，才冷静下来。

接着，他喋喋不休地诉起苦来：“是啊，我们外地人抛家舍业地出来打工，不就是为了挣钱嘛！可是，这里的人太欺负人了！我们拿到的是转了几手的工程，几乎无利可图……好不容易动工了，当地的百姓还要找各种借口阻拦施工。通过‘烧香拜佛’，终于可以施工了，建设方又不按照合同拨工程款。物价飞涨，民工们连菜都买不起了……”

王钰对曾以恕说：“曾经理，你们公司的困难和问题，我们知道了。我们一定会帮你们解决好……现在，最重要的是把民工撤走，防止发生流血事件。”

曾以恕语气强硬地说：“我们湖南人‘吃得苦，舍得死’，看谁敢惹！”

王钰见曾以恕蛮不讲理，便大声说道：“你们公司的民工马上就要与当地的百姓进行械斗了……你必须马上到现场来！”

邻近村寨的村民们不听劝阻，源源不断地跑到了街上。民工们变换着阵形，左冲右撞，但是终因势单力薄，被冲撞得七零八落。有二十多人躲闪不及，受了伤，倒在了街上。

街上的村民越来越多，足有三千余人，至少十倍于民工，把指挥部门前的街道堵得水泄不通……

突然，断电了，街上一片漆黑，只有民工们的白色头盔还清晰可辨。有人在街道两旁的房顶和窗口往民工身上扔石块和砖头，还用木棒打民工，甚至把污水泼到了民工的头上。民工们躲闪不及，哀号声不断。

曾以恕见此情景，慌了手脚。他挤进人群，引导着民工们朝一个方向用力，推动人群移向指挥部——那里相对安全，没有人从头顶上攻击他们。

王钰、罗丽英和张晓莉被裹挟在人群中，说话没有人听得见，也没有人听。王钰看到曾以恕引导民工们移向指挥部，明白了他的意图。于是，她让民警和干部们共同用力，推着人群移向指挥部。

警笛长鸣，二百多名民警跑步跟在警车后面。人们堵在街上，见了警察和警车也不避让。王世安跑在警队的最前列，让驾驶员关掉警笛，打开汽车上的扩音器。他拿起话筒，开始喊话："乡亲们！……"话音刚落，街上的灯就亮了。只见王世安和二百多名民警全身沾满了泥浆……

王世安爬到警车的引擎盖上，清了清嗓子，拿着话筒大声说："乡亲们，我是县公安局的局长王世安！请大家相信，公安机关一定能够及时查明情况，依法处理！现在，我宣布几项决定：一、轻伤员立即到村卫生所去进行治疗，重伤员由民警护送到县医院去进行医治。二、湖南西邦建筑安装工程公司的民工全部坐车到县公安局去接受询问。三、从房顶上扔石块、砖头，用木棒打人，用污水泼人的，主动到洛源派出所去自首，争取宽大处理。拒不自首的，依法从重处罚。"

王世安宣布完公安机关的决定之后，人群开始骚动了。很快，他们就安定了下来，主动让出了一条通道。民工们在曾以恕的引导下，把钢条放在地上，爬上了大卡车。

凌晨两点，洛亥村的街上恢复了往日的宁静。王钰送四十多个伤者到了医院，又送王世安局长和县公安局的民警们回了县城，才拖着疲倦的身体回到了指挥部的办公室。

罗丽英、张晓莉刚回来不久，疲惫不堪地坐在椅子上。王钰进屋之后，三个人抱在一起，默默地流下了眼泪。

过了好长时间，她们才感觉肚子饿了。这时，"酸得鲜"饭店的老板带着两个伙计推门进来了。他们知道，三位民警一直在忙碌，肯定是又累又饿，便送来了酸菜红豆汤、回锅肉和白米饭——这是王钰她们点好了却没来得及吃的饭菜。

她们三个人狼吞虎咽地把饭菜吃了个精光，然后回到了宿舍，一下子就睡着了。

第二天上午十点左右，王钰一觉醒来，感觉头部和左脚掌特别疼，才发现自己受了伤。她看见罗丽英和张晓莉的头上有青紫的包块，便关切地问："你们受伤了？"罗丽英和张晓莉看着王钰，问："你也受伤了？"

其实，三位民警都受伤了，只是她们都没有在意。午饭后，王钰的左脚掌越肿越厉害，脚一着地就钻心地疼。罗丽英和张晓莉认为，王钰的脚掌有可能骨折了。她们想陪王钰到县医院去检查一下，可是王钰不同意，怕派出所这边有事情要处理。罗丽英怕耽误了治疗，便给王世安局长打了个电话，要求派民警来顶替她们。

下午两点，张淦昌和洛源派出所的另外三名民警提前结束了休假，回到了洛亥。罗丽英、张晓莉和王钰到了县医院，检查了一下伤情。王钰、罗丽英和张晓莉的头部只是皮下肌肉损伤，没有什么大碍。但是，王钰的左脚掌第四块趾骨骨折了，必须静养四个星期左右才能下地活动。

刘文浩得知王钰受伤了，很想去照顾。刘学峰和张怡知道儿媳妇受了伤，催促儿子赶快去看一看。于是，刘文浩依依不舍地告别了父母，坐火车赶到了洛水。

此刻，贺秋枫正在省城参加全省第五届优秀企业家表彰大会。会议九点半开始，贺秋枫应记者之邀，提前半个小时到达了会场。罗雁怀孕了，这让贺秋枫十分有成就感，并且意识到了自己的责任。短短的三个月之内，锦宏集团吞并了省内外的五家中型企业，一跃成为了全省知名的大型民营企业。

在会场外面的大草坪上，贺秋枫正在眉飞色舞地回答着记者们的提问。

记者甲："请您谈谈锦宏集团未来的发展计划！"

贺秋枫兴致勃勃地说："我对锦宏集团的发展充满了希望……"

记者乙："您获得了'全省优秀企业家'的称号，有什么感想？"

贺秋枫兴高采烈地说："能获得这个称号，我感到十分荣幸。谁不想成为最优秀的人呢？只有最优秀的男人，才能博得女人的喜欢……"说完，他哈哈大笑起来。

记者丙："说到女人……怎么没有见到贺总的女秘书罗雁小姐？"

贺秋枫悄悄地说："她怀孕了，行动不便！"

记者丁："贺总，你身家几十亿，身边不会只有罗雁小姐一个情人吧！"

贺秋枫爽朗地大笑着说："你说对了！我可以毫不隐瞒地说……"

电视台的美女主播金婷婷把话筒举到了贺秋枫的嘴边，一本正经地说："我是电视台的记者。你不告诉他，可以告诉我吗？"

贺秋枫不知是被金婷婷的姿色给迷住了，还是被金婷婷的主播身份给吓住了，一时没有反应过来。这时，一名记者插话道："您的前女婿……终审判决无罪。您对此作何评论？"

贺秋枫严肃地说："疑罪从无，我举双手拥护！"说完，他便生气地走了。

金婷婷早就想攀贺秋枫这个“高枝”了，连忙追了上去，拦住了贺秋枫，故作娇柔地说：“贺总，您还没回答我的问题呢！”

贺秋枫的手被金婷婷抓住了，顿时感到又酥又麻。他看了金婷婷一眼，低声说道：“你对这个问题感兴趣，我可以回答……可是，开会的时间到了。晚上到我住的酒店来吧！”

晚上十一点，金婷婷敲开了贺秋枫的房门。贺秋枫正在看中国队与伊朗队的足球比赛。他关上电视，把金婷婷揽入了怀中……

第二天早上，贺秋枫从手提包里取出一串钥匙，放到了金婷婷的手心里：“这是两年前我在金水湖畔买的别墅的钥匙……装修好了，没人住过。去更一下名……以后，我到省城去，就在那儿见你。”金婷婷面露喜色，甜甜地吻了一下贺秋枫。

散会后，贺秋枫赶回了洛水，急于面见县委书记张兴扬。

贺秋枫没有想到，刘文浩被无罪释放了。王世安和王钰他们太难对付了，实在是让他放心不下。

贺秋枫大摇大摆地走到张兴扬办公室的门前，推门而入：“书记，多日不见，真的好想你啊！近日可好？还是那么忙吗？”

张兴扬笑容可掬地站起身来，与贺秋枫握了握手：“没什么事，瞎忙……不比贺总，干什么都是大手笔！”

贺秋枫把一个崭新的名牌手提包递给张兴扬，说道：“到省里开会，随手买了个意大利的皮具，留作纪念吧！”

张兴扬接过手提包，觉得挺沉，里面肯定有东西。他没有多问，把手提包放到了办公桌下面的柜子里，然后抬起头来，说：“贺总太客气了！”他把秘书叫来，给贺秋枫沏了一杯茶。

贺秋枫绘声绘色地描述了全省优秀企业家表彰大会的盛况，表示一定要把表彰和奖励化为强大的动力，把锦宏集团搞得更好。

张兴扬鼓励贺秋枫再接再厉、再创辉煌。

接下来，贺秋枫向张兴扬诉起了苦。他谈起了企业生产经营面临的重重困难，还提及了二审改判刘文浩无罪和县城里发生的群体性事件。他建议县委领导在用人上要慎之又慎，不能让那些有过劣迹的人重新走上重要岗位。

张兴扬听出了贺秋枫的弦外之音，便向贺秋枫表示，县委一定会及时采取措施，改善法治环境，并且会一如既往地支持和帮助锦宏集团。

王钰工作六七年了，除了照料病重的父亲，几乎没有因私请过长假。这次为了制止械斗，她的脚掌受了伤，要一个月左右才能养好。

刘文浩每天都会买来蔬菜和血豆腐等，让妈妈做些清淡的食物给王钰吃，这样有助于活血化瘀。瘀血大部分散去之后，为了给王钰增加营养，刘文浩买来了牛奶、鸡蛋和鲜肉，让妈妈做成饭菜给王钰吃。

王钰可以下地了，刘文浩便扶着她慢慢地走动。晚饭后，学生们开始上晚自习了，第一中学的校园里很安静。王钰满怀歉意地说：“文浩，你受伤住院的时候，我没有去照顾你……真对不起！”

刘文浩不好意思地说：“那是我自讨苦吃！我伤害了你，你还救我……该说‘对不起’的是我。”

此时，王玉甫正在花园里打拳。见父亲的武艺出神入化，王钰决定向父亲学习武功。王玉甫正有此意，想在女儿康复期间教她“马氏武功”。

王钰的悟性极好，很快就掌握了“马氏武功”的要领。

王钰伤愈之后，便准备上班了。刘文浩接到了恢复工作的通知，可是万万没有想到，他们让他到县图书馆去当馆长。刘文浩以前是公务员，是副科级干部，到县图书馆这种县文化局下属的事业单位去当馆长，确实有点儿不伦不类。享受副科级待遇的图书馆馆长——原本戴在退休老干部头上的帽子，却扣在了刘文浩这样的年轻人头上。王钰担心刘文浩难以接受，便陪着他到县文化局去报到了。县文化局的局长刚上任不久，以前与刘文浩有过工作上的联系。他对刘文浩很客气，亲自带着刘文浩到县图书馆去办理了入职手续。

县图书馆和县文化局在同一个院子里，建于二十世纪八十年代初，显得十分破旧，屋顶上长满了野草。老馆长早就在门口等候他们了。文化局的局长交代完工作之后，便回办公室了。刘文浩在老馆长的陪同下熟悉了一下工作环境，了解了一下情况。

一楼有五间办公室，还算整洁。书刊阅览室的门已经生锈了，负责管理的工作人员费了很大劲儿才把它打开。二楼有“图书收藏和借阅办公室”，还有图书阅览室。收藏室里，两千多册古籍、三万多册地方文献摆放得十分整齐。阅览室里窗明几净，地面和桌面一尘不染。

老馆长一边走，一边向刘文浩介绍情况。刘文浩边走边听，不时地翻看着古籍。

王钰见刘文浩已经适应了图书馆的环境，便回单位去了。

贺秋枫以为，把刘文浩安排在图书馆，与一堆破书打交道，自己便再无后顾之忧了。

贺冬梅最害怕的是，父亲身边的女人们生下来一大堆孩子，将来与她争夺财产。在这件事情上，没有别人能帮她，只有她的母亲……

别墅的门关着，贺冬梅连续敲了几次，也没有人为她开门——李学姝正在念经。十几分钟后，李学姝不情愿地走出来，把厚重的大门拉开一条缝，探出了半个头。

门开了，贺冬梅看见了母亲，埋怨道："妈，你为什么不给我开门？"

李学姝见女儿一脸愁容，便没有说话，转身进了屋。贺冬梅跟在后面，发现母亲的头发全白了，十分心疼。屋里十分冷清，贺冬梅问："妈，就你一个人……阿姨呢？"

李学姝坐下来，淡淡地说："我一个人在家……阿姨没有多少事做……辞了。"

"爸爸没回家吗？"

"他哪里顾得上这个家呀！"

"妈，你怎么不管一管爸爸？"

"我管得了他吗？你们父女俩，我哪个也管不了！你成天不务正业……"

"妈，我这不是成家了嘛！你要相信我，我会管好自己的。倒是爸爸，老糊涂了，跟年轻女人混在一起，会惹出很多麻烦……"

"你们这是自作自受！我管不了，也不想管！"

李学姝叹了一口气，闭上眼睛，不再说话了。

贺冬梅见母亲如此消极，只好独自去找父亲了。她怒气冲冲地跑到锦宏大酒店，走到总经理办公室门前，门也不敲就推门进去了。

在贺秋枫的办公室里，罗雁正坐在贺秋枫的大腿上撒娇："他踢我了，你感觉到了吗?"贺秋枫说："感觉到了！好大的劲儿，一定是儿子!"

贺冬梅推门进了屋，见此情景，骂了一句："不要脸!"

贺秋枫先是很尴尬，然后恼羞成怒地大声喊道："出去!"

贺冬梅看着罗雁，大声喝道："滚出去!"

见此情景，罗雁面红耳赤地跑了出去。

贺冬梅余怒未消，责问贺秋枫："你变了——变得我都认不出你来了！你知道我和妈妈的感受吗?"

贺秋枫走到窗前，打开窗户，让冷风吹进屋来。过了一会儿，他的火气消了，关上窗户，自言自语道："是啊，我是变了！可是，我觉得我越变越好了。"

贺冬梅听了这话，十分气愤："你确实是变得越来越年轻了！可是，我妈妈呢？她可是变得越来越老了!"

"我不是那个意思！我是说，我现在精力充沛，想把锦宏集团做得更强、更大。"

"做得再强、再大也没用……还不都是别人的!"

"我努力了一辈子，还不都是为了你和你妈妈嘛!"

"过去是，现在可不一定了……"

"看你说的，我哪能丢下你和你妈妈呀!"

"那你说，以后怎么办?"

贺秋枫觉得很烦，便不耐烦地说："我不跟你说这些了，你走吧!"

贺冬梅猛地站起身来，重重地关上门，扬长而去。

恍惚中，贺冬梅回到了家。她感到心力交瘁，吃力地爬到了二楼，想好好地睡一觉。她推开卧室的门，发现方成仁蜷缩在床上，面色苍白、神情黯淡。贺冬梅不知道发生了什么事情，连忙问道："方哥，出什么事了？你病了吗？要不要去医院？"

方成仁摇了摇头，有气无力地说："你怎么啦？从没见过你这么沮丧……"

贺冬梅叹了一口气，说："没什么……没有他，我们照样活！"

"你说的是你爸爸吗？他怎么啦？"

"他被狐狸精给缠住了，把我丢在了一边。"

"这怎么可能呢？"

"别管这些了……快告诉我，你怎么啦？"

方成仁连续喝了几杯水，感觉畅快了一些。他把王世安发现他受贿，迫使他为刘文浩作证的事情告诉了贺冬梅，并且告诉贺冬梅，为刘文浩作证之后，他仍然感到惶恐不安。如果他受贿的事情被查出来了，那么他就随时都有可能被抓进看守所。到时候，他就彻底完蛋了。这段时间，他每天都是在惊恐中度过的——一睡下就做噩梦，一听到警笛声就心惊肉跳。他不敢待在家里，也不敢去办公室，生怕被警察带走。刚才，他做了个噩梦，梦见警察在后面追，他在前面拼命地跑……实在跑不动了，他就蜷缩在地上，听天由命了。

贺冬梅听了方成仁的叙述，也感到十分害怕。

晚饭后，贺冬梅和方成仁裹上厚厚的棉大衣，惴惴不安地来到了风雪交加的户外。

天色暗下来了。贺冬梅被寒风吹得瑟瑟发抖，方成仁只好扶着她回到了别墅里。再过两天就是贺冬梅的三十岁生日了，他们准备举办一次生日聚会，增添一些喜庆的气氛。

此时，正值三九天。外面下着大雪，悦汇花园会所里却温暖如春。会所里装饰得富丽堂皇，里面有豪华餐厅、顶级

KTV，是洛水县最高端的会所。会所里播放着《迎宾曲》，来得早的客人正在打牌、下棋、唱歌。

生日聚会上要发纪念品，并且有抽奖活动。偌大的餐厅里座无虚席，名厨特制的佳肴渐次上桌。

十八点三十分，餐厅里灯火辉煌，响起了《欢乐颂》。打扮得花枝招展的贺冬梅在方成仁的陪同下入了席。主持人宣布“宴会开始”之后，贺冬梅点燃了生日蜡烛，默默地许了愿。

然后，大家唱起了《生日歌》。接着，贺冬梅吹熄了三十根烧燃的蜡烛。贺冬梅和方成仁在两位服务员的陪同下，逐桌敬酒，并且向每个人赠送了精美的礼盒。

酒过三巡，抽奖活动开始了。一等奖是价值三万三千元的“劳力士”金表一块，二等奖是价值三万元的“欧米茄”金表一块，三等奖是价值六千六百元的笔记本电脑一台。全场响起了一阵阵欢呼声、呐喊声和尖叫声……

夜深了，雪越下越大。宴会结束了，贺冬梅喝得酩酊大醉。客人们与方成仁打过招呼，便各自回家了。方成仁把贺冬梅抱上她的跑车，准备送她回家。从会所到停车场，冷风一吹，贺冬梅醒了。方成仁把车上的空调关了，贺冬梅还喊热。于是，方成仁便把后面的车窗打开了一道缝儿。

路面上铺满了雪，方成仁不敢把车开得太快。从悦汇花园会所到他们的别墅，有将近四公里的路程，需要过两座桥。跑车行驶了一公里左右，后面突然响起了警报声。一辆救护车跟了上来，方成仁只好靠右行驶。路面很滑，救护车跟随了三百米左右，始终不敢超车。雪下得很大，方成仁看不清后面的车，误以为是警车追上来了。

他不想坐以待毙，加大了油门往前冲。跑车不断地打滑，行驶了一公里左右就上了第一座公路大桥。快到大桥中部的时候，他们的跑车与前面的一辆轿车追尾了。轿车横在了桥上，跑车的驾驶室被撞变了形。车门打不开了，方成仁下不了车。这时，后面的救护车撞上了跑车，把跑车的车头掀起来，架在了轿车上。救护车继续滑行，将轿车推到了桥边……

接着，跑车摇晃着从轿车的车顶上滑了下来。方成仁发现追赶他们的竟然是一辆救护车，而不是警车，无可奈何地傻笑了一下。他知道，跑车顷刻间就将坠入河中，他与贺冬梅都将命归黄泉。

跑车飞过桥上的栏杆，做着自由落体运动，平稳地落在了水面上。水很深，跑车在缓慢地下沉。方成仁拼命用拳头砸车窗，但是怎么也砸不开。这时，冰冷的河水从车窗的缝隙中渗了进来。贺冬梅大声叫道："谁把冷水泼到我身上了？畜生！"方成仁听到贺冬梅的叫声，这才反应过来，赶紧去按升降车窗玻璃的按钮。但是，车子已经熄火了，无法启动。喝醉了的贺冬梅高兴地喊道："谁倒冷水给我喝？好爽啊！再倒！"方成仁爬到后排座位上去开车门，可是无论如何都打不开——车门已经被水给封住了。车内的水位在渐渐地上升，方成仁再也听不到贺冬梅的说话声了。

死神就在面前，方成仁惊恐万分，连声大喊："救命啊！救命啊！"大桥上的人们亲眼目睹了跑车飞过栏杆，掉到河里，慢慢地沉了下去。他们听到了方成仁的呼救声，但是桥太高了，谁也不敢往下跳。

水已经漫过了方成仁的胸部，快淹到脖子了。他仰起头，双唇紧闭，不让水流到嘴里。他透过车窗看到有人到了河边，但是无法施救。水淹到了他的鼻孔，他不能再呼吸了。他感到胸闷、头晕，眼前一片模糊。他明白，河边上的人即使跳到河里，也打不开车门。此时，他想起了自己的父母……他想哭，却哭不出来。他想说："冬梅，是你害了我!"可是，他的嘴已经张不开了。

几分钟后，三名交警赶到了现场。他们迅速地了解了情况，勘查了现场。水面上没有发现可疑的漂浮物，也没有看到有人在游动——经验告诉他们，跑车已经沉入水底了。但是，他们不会轻易地放弃。他们找来有打捞经验的人连夜打捞，并且打算把现场的情况告诉贺冬梅和方成仁的父母。

贺冬梅父母的手机关机，联系不上。锦宏集团的办公室里无人值班，他们便和锦宏集团的办公室主任黄晓翔取得了联系。黄晓翔支支吾吾地不敢应承——贺秋枫正在与女人鬼混，谁敢惊扰?

方成仁的父母住在乡下，赶到洛水县城的时候已经是第二天中午了，几乎与贺冬梅的父母同时到达现场。方成仁的父母第一次见到贺冬梅的父母——以前，他们不愿意攀贺秋枫这个"高枝"。双方都有些尴尬，谁也没有说话。

贺秋枫打了个照面就走了。方成仁的父母和李学姝站在岸边，看着高高的大桥和流淌的河水，眼泪不停地往下流……

天快黑了，方成仁和贺冬梅的尸体还没有被打捞上来。看到贺秋枫在黄晓翔的陪同下来到了现场，李学姝气急败坏地揪住贺秋枫的衣襟哭喊着。贺秋枫明白，找不到贺冬梅，李学姝是绝对饶不了他的。于是，他便叫黄晓翔找来打捞的组织者，要求增加打捞的人手和船只，并承诺，谁先发现了尸体，必有重赏。

第七天下午，在离县城十五公里的地方，变了形的跑车和方成仁、贺冬梅的尸体被打捞上来了。

天黑了，方成仁和贺冬梅的尸体被送到了殡仪馆，准备火化。方成仁的父母跌跌撞撞地来到殡仪馆，为方成仁和贺冬梅送葬。李学姝没有去殡仪馆看即将化为灰烬的女儿和女婿——不是因为胆怯，也不是因为心硬，而是生病了，下不了床。她一个人在病床上泣不成声……

李学姝信佛，相信因果报应。她决定到峨眉山去带发修行，替自己和女儿积福积德。

于是，她便背着简单的行李，独自一人登上了北去的火车。

春天来了，万物复苏。3 月下旬，横断山区的河谷地带春意盎然。横断山区以北的洛水县经常遭到冷空气的侵袭，出现“倒春寒”。

这天晚上，洛旺村发生了一起命案。按照“命案必破”的要求，王世安亲临现场指挥破案。当晚，犯罪嫌疑人未来得及逃跑就被抓获了。但是，需要搜集的证据较多，他们忙碌了一个晚上才从洛旺村撤离。

警车在晨雾中缓慢地行驶着。王世安裹着大衣，坐在副驾驶座位上，毫无倦意。过了一段时间，他让驾驶员把车停下来，一个人走到了河边。尽管受到了倒春寒的侵袭，但是桃花、杏花和梨花依然在枝头怒放。王世安欣赏着早春的美景，脸上露出了春天般的笑容。他感叹着人生的无常，就像这树叶一样，绿了又黄。

一阵凉风吹过，吹得树枝摇曳。这时，他的手机铃声响了起来，打断了他的思绪。接完电话，他迅速地上了车，让司机把他送到县委办公室去。

赶到县城之后，王世安来不及换衣服，直接去了县委办公室。在楼梯口，县委办公室的工作人员把他引到了县委书记的办公室。推开门，王世安充满歉意地笑了笑说：“对不起，我来晚了!”张兴扬和县委组织部部长江华等了王世安半个多小时，有点儿不高兴。

王世安把他们找他谈话的内容猜了个八九不离十。但是，他佯装不知情，大大咧咧地说道：“张书记、江部长一上班就找我，是不是有什么重要任务要交给我呀?”

张兴扬见状，松了一口气，指着王世安身上的大衣和脚上的皮鞋说：“老王，你这是……”

王世安解释道：“昨天晚上，洛旺村发生了一起案件。我去了现场……刚接到通知，我就赶来了，没来得及换下这身脏衣服。实在是不好意思……”

听了王世安的话，张兴扬和江华有些尴尬。王世安亲临一线破案，一夜没合眼……他们却要宣布免去王世安的职务，实在是张不开口。张兴扬一时语塞，忙叫秘书给王世安倒茶，然后闪烁其词地说：“老王啊，你辛苦了！本来应该让你休息一下，但是……”

王世安端起茶杯，连喝了几口茶水，然后对张兴扬说：“书记，有话尽管说……熬夜对警察来说是家常便饭，算不了什么……听两位领导布置完任务，我回去睡一觉就好了。”

张兴扬干咳了两声，看了一眼江华，犹犹豫豫地说道：“老王，你是知道的，按照公安工作会议的精神……公安局的主要领导要进行调整，把你的工作岗位换一下。老王啊，你在洛水县公安局工作了五年多……一时没有合适的岗位，只好让你在洛水县公安局继续工作了。我和江部长想了解一下你的想法……”

王世安紧张地思考着，感觉大脑有点儿缺氧。他深吸了一口气，淡淡地说：“我刚知道这件事，所以没有想法。”

江华：“老王，书记都说了……你有什么想法，只管对我们说，不要有顾虑！”

王世安：“我不知道该说什么……”

张兴扬：“市委领导经过慎重考虑，想让你在洛水县公安局当党委书记。局长呢……是罗维曦副县长。罗副县长从外地交流到洛水县已经快一年了……你是认识的。”

王世安：“噢，是这样！”

江华：“你放心，罗副县长一定会尊重你……你是老同志了，他还年轻。”

王世安：“还是慎重一些吧……怕耽误了工作。我作为党委书记，作出的决定……局长不执行，咋办？”

张兴扬：“你和罗副县长多沟通，多交流……”

王世安：“公安工作急、难、险、重……很难做到什么事都及时沟通。只有书记、局长一肩挑，才能保证各项工作及时有效地落实。”

张兴扬：“这个你放心……罗副县长分管县政府的好几个部门，忙不过来……县公安局的事，你说了算。”

王世安：“公安局的局长是法人代表，履行法定的职责，别人是代替不了的。”

江华：“你要相信组织，相信罗副县长的能力……”

王世安：“江部长言重了——我哪能不相信组织呢？”

张兴扬：“把你的想法说说，我们好向市委领导汇报！”

王世安：“让我干多久？”

张兴扬："市委领导没有明确地说让你干多长时间……你只管把工作做好就是了。"

王世安站起身来，想要离开。

"老王，别急嘛！有什么想法，坐下来慢慢说嘛！"张兴扬连忙站起来，拦住了王世安。

王世安的眼圈儿红了："告诉你们，我王世安恪尽职守……快六年了，只回过五次家。我到洛水县工作之前，大案频发，治安问题严重……我到了洛水县之后，发案率连续三年持续下降……"

王世安越说越激动，眼泪哗哗地流了下来。他没有擦眼泪，一边穿大衣一边说："张书记、江部长，我知道我该怎么做！"说完，他迈开大步走出了张兴扬的办公室。

王世安被免去了县公安局局长的职务，但是罗维曦却迟迟没有到任。王世安几次三番地向县委、县政府和朝阳市公安局的领导表达了让罗维曦尽快就职的意愿，终于迫使罗维曦在五一劳动节的前一天到县公安局就职了。

4 月 30 日下午三点，洛水县公安局全体民警大会在礼堂举行。会议的内容是布置工作任务和表彰先进集体和个人。

一百八十名民警列队完毕，迈着整齐的步伐提前十五分钟到达了会场。四点二十八分，负责整队的民警走到主席台前，大声喊道："全体起立，鼓掌！"民警们齐刷刷地从座位上站起来，有节奏地鼓起掌来。

主席台上的人全部坐定之后，负责整队的民警面向民警们大声喊道："全体都有，坐下！"然后，他跑到主持会议的黄德培政委面前，大声说道："报告政委，队伍集合完毕，请您指示！”黄德培的声音浑厚而沉稳：“执行预定方案！”

接下来，县委组织部部长江华宣读了任命罗维曦为县公安局党委第一书记的决定——这很出乎王世安的意料。莫非他提出的“只有书记、局长一肩挑，才能保证各项工作及时有效地落实”的想法被县委的领导当真了？

张兴扬开始讲话的时候，县公安局指挥中心的主任匆匆忙忙地走进会场，将一个文件夹递给了黄德培。

黄德培喝了一口茶，不慌不忙地打开文件夹看了一眼，又合上了。站在一旁的指挥中心主任急了，小声提醒道：“政委，这是急件！”但是，黄德培仍然若无其事地坐在那里。

过了十分钟，张兴扬讲完了话，黄德培宣布：“请王世安同志代表洛水县公安局党委发言！”这时，黄德培拿起文件夹，走到罗维曦身后，低声说道：“罗副县长，这是刚收到的急件，请您尽快批示！”

罗维曦打开文件夹，发现文件夹里装的是市公安局转发的省公安厅的急件，上面有市公安局局长的批示：“案情紧急，请洛水县公安局的主要负责人阅处！望尽快采取措施，配合省、市公安机关开展侦破工作，将毒犯一网打尽！”罗维曦看完急件，额头上渗出汗来。

黄德培宣布，下一个发言的是王世安。王世安的发言很简短，除了对组织上的决定表示坚决拥护以外，就是表示坚决支持罗维曦同志的工作。

王世安的发言结束后，黄德培宣布：“下面，请县人民政府副县长、县公安局党委第一书记、县公安局局长罗维曦同志讲话！”

罗维曦的手在发抖，汗水不停地从额头上往下流。他站起身来，拿着文件夹走到张兴扬身后，小声地和张兴扬说了几句话。三分钟后，张兴扬有些慌乱地宣布：“由于特殊情况，会议暂时告一段落……”

罗维曦走到王世安身旁，请王世安看了一下那份文件。王世安看完文件，坐在椅子上，一言不发。

此时，大家把目光投向了王世安。王世安看了看罗维曦，又看了看局党委领导班子的其他成员，然后说道：“大家都看了省厅的紧急通知……我的意见是：一、立即通知王钰，让她化装后到我的办公室来。刑警大队和禁毒大队各派五名民警，着便装与我和王钰在洛水火车站附近会合。王钰负责接头交货，我和其他民警负责在火车上接应。二、刑警大队和禁毒大队各派四名民警乘车赶往宜宾市，配合宜宾警方在宜宾火车站对犯罪嫌疑人实施抓捕。三、罗副县长、黄德培政委和其他局领导坐镇县公安局指挥中心，交警大队、治安大队和城区派出所的全体民警在岗位上待命。”

罗维曦见黄德培和其他局领导都点头同意，只好说：“既然大家都同意老局长的意见，那就按老局长的意见办吧。”

下午五点一刻，火车缓缓地驶出了洛水车站。

正值五一长假，外出的人很多，火车上十分拥挤。王钰从第七号硬座车厢挤到了第十一号软卧车厢，敲开了一个包厢的门。王钰出示了警官证以后，被让进了门。省公安厅禁毒总队毒品案件侦查处的陈明东处长和市公安局禁毒支队的黎晓阳支队长上下打量了王钰一番，脸上露出了满意的笑容。他们向王钰介绍了案件侦查的情况，布置了具体任务。

普宁警方发现了一个境外的贩毒团伙，与我们国内的一个武装贩毒团伙相勾结，疯狂地进行贩毒活动。国内的这个武装贩毒团伙经过多年的经营，形成了一个十分严密的贩运、销售网络。警方查明，沪昆铁路沿线的各个省会城市都有其联络站，地市级城市都有其联络点。每过一个月，他们都要把藏匿在火车上的毒品分销到铁路沿线的各个城市。他们从火车上运出毒品，基本上都是在夜间进行的。交接毒品的时候，他们会使用暗语，并且会经常变换接货地点。旅客进站时，安检十分严格，所以很难将大量毒品带上火车。可以断定，火车上有“内鬼”。毒犯的反侦查能力很强，“内鬼”至今未露出马脚。有情报显示，这次贩运的毒品数量多达一百八十公斤，毒犯有可能在任何一个分销点接货。专案组决定，先抓获在省城的昆明站交接毒品的毒犯，然后顺藤摸瓜，捣毁毒犯的老巢。昆明站的抓捕行动进行得比较顺利，警方在突审交货人的时候获得了一个重要信息：从昆明到宜宾共有四个交货点，交接毒品的都是妇女。毒犯很狡猾，钱不到手，绝不发货。从昆明到宜宾的交货人被抓获后，专案组选了一名女民警装扮成交货人，顺利地在三个交货点交接了毒品。不巧，在朝阳车站交接完毒品之后，这位女民警在乘出租车赶往云水站的时候，在交通事故中身负重伤，无法继续完成任务了。

陈明东处长充满信任地看着王钰说：“你的体貌特征和随机应变的能力完全符合要求……一定能顺利完成任务。”他把交接毒品时所用的暗语告诉了王钰，并且递给了王钰一顶蓝色的帽子和一个很沉的拉杆箱。他让王钰回到七号硬座车厢，过了云水站再戴上帽子，并且取下拉杆箱上的罩子。

王钰一只手拿着帽子，一只手拖着拉杆箱，快步地离开了软卧车厢。过道上站满了人，很难往前挤。她走到第九号车厢的时候，过道上的人更多了。一不小心，她的拉杆箱碰到了别人。她抬起头来表示歉意的时候，坐在座位上的胡秋萍认出了她，惊喜地叫道："王姐，你去哪儿?"

"五一放假，到四川走亲戚。你呢?"王钰不露声色地说。

"我回来看我妈。"胡秋萍兴奋地说。

王钰知道自己要完成特殊任务，所以马上对胡秋萍说："太挤了……不说了，下次回来再联系！"

王钰挤到八号与九号车厢的连接处时，已经是满头大汗了。她看见过道上挤满了人，估计自己的座位已经被别人占了，只好站在了过道上。到了云水站，她走到自己的座位旁，发现一个老人坐在她的座位上。无奈，她只好继续站着了。

在云水站上车的人很多，过道上很快就挤满了人，车厢里又燥热起来。王钰把帽子拿在手中，扇了几下，想凉快一下。忽然，她想起来，已经过了云水站，得把帽子戴在头上了。她连忙把帽子戴在头上，并且把拉杆箱的罩子取了下来。她知道，把帽子戴在头上，除了接头以外，还能遮挡一下面部，以免被熟人认出来。

这时，从后面挤过来一个女乘务员，对着王钰的耳朵说："这里太挤了，你拿着拉杆箱不方便……我带你去餐车！"说完，她接过王钰的拉杆箱，带着王钰穿过拥挤的人群，来到了第十号车厢。餐车里人很少，还没有到用餐的时间。女乘务员把拉杆箱放下，快速地离开了这节车厢，王钰没有看清她的脸。

王钰明白，钱与货的交换已经完成了。再过半个小时就到宜宾站了，王钰的心里不免有些紧张。宜宾火车站是一个很大的交货点，毒犯从这里将毒品分销到其他地方。更为重要的是，到了重庆以后，交货人将更换成毒犯。因此，如果在宜宾站不能把接货人抓住，就无法将毒犯一网打尽。

王钰参加公安工作七八年了，出色地完成了很多重大任务。她感到自己身上的担子很重，心情既激动又紧张。火车穿过一个又一个隧道，不断地发出“咣当”声，掩盖了洛水流淌的声音。

进入宜宾郊区以后，火车的“咣当”声消失了。王钰把头伸到窗外，看着洛水两岸鳞次栉比的高楼和闪烁的霓虹灯，心情渐渐地平静了下来。

宜宾站是个大站，下车的旅客比较多。王钰拖着拉杆箱走下火车，在站台上四处张望了一下，没有见到同她一样戴着蓝色帽子、拖着粉红色拉杆箱的妇女。她放慢了脚步，留意着从自己身边经过的每一个人。快到出站口了，灯光明亮了许多。她停下了脚步，密切注意着周围的动静。

就在这时，从出站口的楼梯拐角处走过来一个妇女。这个妇女走到离王钰一百米远的地方，放慢了脚步。王钰这才看清楚，这个妇女竟然是胡秋萍。胡秋萍看见王钰，停下了脚步。王钰想到自己正在执行任务，不便与熟人打招呼，便背过身去，站在原地不动。

胡秋萍显然有些慌乱——怎么会是王钰呢？她老早就发现王钰头戴蓝色帽子、拖着粉红色拉杆箱了。但是，这有可能只是巧合。火车刚一停稳，胡秋萍就下了车，隐蔽起来观察着每一个走向出站口的人。王钰是个品德高尚、信念坚定、意志坚强的人，不可能参与贩毒——她是警方派来的人，还是毒犯呢？

时间在一分一秒地流逝，出站口没有其他人了，连车站的服务人员都离开了。胡秋萍不再犹豫，一把撕开套在粉红色拉杆箱上的罩子，然后把藏在外套里的蓝色帽子戴在了头上。

王钰看到胡秋萍所做的一切，神经一下子就绷紧了。

胡秋萍朝王钰走了过来。王钰后退了一步，仔细观察着胡秋萍的一举一动。

胡秋萍靠近王钰之后，轻声问道：“王姐，你怎么还站在这里？在等人吗？”

王钰迟疑了一下，不慌不忙地回答道：“是啊，我在等一个人！她好像还没有出来……”

胡秋萍四处看了看，然后小心谨慎地问王钰：“请问，宜宾有望江宾馆吗？”

王钰审视着胡秋萍，警惕地说：“我不知道有没有望江宾馆，只知道有个临江宾馆。”

“临江宾馆……一个普通间多少钱？”

“我住过……三百元。”

“可以优惠吗？”

“现在是旺季，不可能有优惠。”

说完这句话，王钰的心脏剧烈地跳动起来。暗语完全正确——接货人就是眼前的胡秋萍！她闭上眼睛，镇定了一下，快速地进行着判断。她的脑海里不断地闪现着她与胡秋萍“天坑追逃”的惊魂一瞬和胡秋萍离开公安机关之前与她的对话。她不愿相信胡秋萍参与了贩毒，不忍心让与她情同姐妹的胡秋萍接下这要命的毒品。但是，如果不交货，案子就破不了，将来不知道会有多少人遭到毒品的侵害。

王钰没有别的选择，只能对胡秋萍说：“我去一趟洗手间，你帮我看着皮箱！”说完，她便低着头去了洗手间。

胡秋萍快速地接过王钰的拉杆箱，与自己手中的拉杆箱进行了交换。

王钰从洗手间里出来之后，和胡秋萍一起走出了车站。

出站以后，过了十五分钟，王钰在火车站附近找到了凤羽大酒店，把装满了钱的拉杆箱交给了酒店经理。她刚离开酒店，手机就响了。电话是陈明东处长打来的，让王钰和王世安马上去宜宾机场的收费站附近，胡秋萍要见他们。

去宜宾机场的收费站，乘车要十五分钟左右，跑步只需五分钟。王钰心急火燎地一路狂奔，不到四分钟就跑到了停在机场收费站附近的“丰田”中巴车旁。她气喘吁吁地上了车，见王世安已经到了，便说了声“局长，您好”。她看了一眼胡秋萍，只见她双手捂着脸，蜷缩在后排座位上。

听到王钰的声音，胡秋萍歇斯底里地吼道：“其余的人都出去，我只想和王世安、王钰说话!”

看到胡秋萍恐惧、绝望的样子，王世安和王钰心里十分难受。曾经生死与共的战友成了阶下囚，他们安慰也不是，埋怨也不是，一时无话可说。倒是胡秋萍先开了口：“我罪有应得，不怪你们！王钰，你救过我的命……栽在你手里，我死而无憾。”

听了胡秋萍的话，王钰的眼泪夺眶而出。王世安掐灭了香烟，耐心地问：“你叫我们来，就是为了跟我们说这几句话吗?”

胡秋萍清了清嗓子，看了看王世安和王钰，充满悔恨地说：“我曾经是一名警察，却犯下了滔天的罪行……在你们面前，我感到无地自容。只求你们替我安慰一下我的老母亲，让她不要为我这个不孝之女难过。刚才，我看到了张云武。他站在外面，眼圈儿红红的……我知道，他比谁都难过。请你们告诉他，我欠他的太多了，下辈子再还吧……”

王世安和王钰点了点头，答应了胡秋萍的请求。王世安见胡秋萍有了悔过之心，便像兄长一样友善地说：“你还年轻，争取活下来吧！”

胡秋萍一边抹着眼泪，一边说：“我参与了贩毒，罪不可赦……死有余辜啊！”

王世安连忙开导她：“你只是从犯……只要你有立功表现，就不会被判死刑。”

胡秋萍像是抓住了救命稻草，忙不迭地说：“我愿意！我知道这个贩毒团伙的很多秘密，我都告诉你们！”

王世安和王钰对视了一下，会心地笑了。王世安说：“这伙毒犯的情况，你以后再慢慢告诉我们吧！时间紧迫，你必须去交货，以暴露重庆的贩毒窝点……”

胡秋萍喜出望外，哭着说：“我知道了！你们马上把我送到江津火车站，让我坐上 K691 次火车！”

王钰走到胡秋萍面前，递给了她一瓶矿泉水。胡秋萍十分感激，拉住了王钰的手，说：“王姐，我差点儿忘了……据我所知，这个贩毒团伙的每个联络站都至少有五名毒犯，每名毒犯身上都有枪。抓人的时候，你们可千万要小心啊！”

王钰高兴地说：“知道了！”

王世安把胡秋萍戴罪立功的表现向陈明东作了汇报，并提出，现在用汽车把胡秋萍送到江津火车站已经来不及了。事不宜迟，只有尽快联系铁路部门安排 K691 次火车晚点到达江津站，或者请宜宾市的公安机关用直升机送胡秋萍到江津火车站，才能保证这次任务顺利地完成。

十五分钟后，胡秋萍在王世安、王钰的陪同下，乘坐警用直升机到达了江津火车站。

当晚，在重庆菜园坝火车站完成交接毒品后，胡秋萍一个人乘坐出租车把粉红色拉杆箱送到了火车站附近的永平大酒店，又一个人坐出租车来到沙坪坝的安丰大酒店找王世安和王钰，向他们供述自己参与贩毒的具体情节。

配合省厅、市局的专案组和重庆警方在火车站完成了监控及秘密逮捕接货人的任务之后，洛水县公安局禁毒大队和刑警大队的民警们兵分两路：一部分民警在当天晚上跟随陈明东处长和黎晓阳支队长直奔下一站；另一部分民警跟随王世安和王钰留在重庆，配合重庆警方进行统一行动前的准备工作。

胡秋萍老老实实地交代了全部犯罪事实，并且提供了大量与贩毒有关的信息。同时，她痛哭流涕地诉说了自己坠入犯罪深渊的过程。

原来，胡秋萍离开洛水之后，去了北京。她找到蒋小兵在音乐学院的导师，想求他帮助她进入音乐学院学习声乐。不想，这是一个“白天是教授，晚上是禽兽，贪财又贪色”的人，不仅让胡秋萍陪他研究“音乐美与女性美的有机融合”这一课题，而且开口就让胡秋萍拿出三十万元的“课题研究经费”。为艺术献身，她在所不惜，可是她无论如何都拿不出这么多钱。于是，她悻然离开了音乐学院，到酒吧去当了“驻唱歌手”。

一天，她认识了一个被称作“首长”的中年男人，并且很快就成了这个男人的情人。这个男人给了她一把别墅的钥匙，并且承诺每个月给她五万元的生活费。胡秋萍满心欢喜，心甘情愿地当起了“小三儿”。但是，好景不长——三个月后，生活费就降到了一万元。胡秋萍知道自己被抛弃了，便重新回到酒吧去当“驻唱歌手”了。

在酒吧里，胡秋萍的收入不高。但是，唱歌能让她感到快乐。于是，她便决定在酒吧里当一段时间“驻唱歌手”，等攒足了钱再去求学。在酒吧里，她认识了许多歌手。一天，她被一个大牌歌星喊去参加了一个生日派对。参加派对的除了歌星以外，还有几个影视明星。她发现，明星们越玩越起劲儿，整宿都没睡觉。他们怎么会有这么旺盛的精力呢？原来，这些明星都服用了“摇头丸”。

入乡随俗——胡秋萍慢慢地同这些人混在一起，也开始吸食毒品了。于是，她陷入了“以贩养吸”的泥潭，与大毒枭有了接触。吸毒让她成了“瘾君子”，贩毒让她成了“敛财狂”，一发而不可收。她成了大毒枭的帮凶，走向了犯罪的深渊。

五一长假后的第一天，一张无形的大网在全国九个城市铺开了。近万名民警在深夜展开“灭鼠行动”，像猫捉老鼠一样悄无声息地同时向五百余名毒犯发起了进攻。

王世安和王钰参与了对重庆联络站的五名毒犯的抓捕行动。这五名毒犯分赃后，聚集在“站长”苟兴强家赌钱——正是进行抓捕的最佳时机。

夜深了，游人渐渐地散去了。离统一行动还有五分钟的时候，王钰站在南山的一个观景台上，像游客一样饶有兴致地欣赏着“山水之城”的夜景。

在大战前的最后时刻，王钰的心情十分平静。她宁愿相信在这样的环境下没有犯罪，可是……

王世安是行动组的副组长，与南浦区公安局禁毒支队的支队长、行动组的组长一起坐在防弹车上进行指挥。他们确认了几个关键信息之后，决定按既定方案行动。

二十三点一刻，防弹车的大灯连续闪烁了三下。分散潜伏的三十名身穿防弹背心、头戴钢盔、手持冲锋枪的特警交叉掩护着迅速靠近了目标。他们把目标团团围住，同时疏散了周围的群众。

目标在山头上的一座独栋别墅里，周围都是树木，一百五十米之内没有人烟。

独栋别墅的主人叫“苟兴强”，外号“苟二娃”，是一号行动目标。别墅里有三十个人，包括苟兴强和另外四名毒犯，还有苟兴强的父母、妻子、子女，以及炊事员、司机和保姆，其余的都是些参与赌博的闲散之人。为了防止伤及无辜，警方只能先进行“政治攻势”，规劝毒犯放下武器、投案自首。

十二名特警队员翻过围墙，潜伏在别墅的墙角处，近距离地观察着别墅里的情况，等待时机。

围墙外，警察开始用高音喇叭喊话了：“我们是警察，你们被包围了！放下武器，投案自首吧！这是你们唯一的出路！”

喊话重复到第五遍的时候，别墅里的灯一下子全灭了。

两分钟后，一梭子子弹从别墅二楼的窗口射了出来，打在了围墙上。

枪声停止以后，高音喇叭里响起了民警的喊话声。同时，民警们用几支冲锋枪瞄准了响枪的窗口……

紧接着，从别墅三楼的窗口射出了一串子弹。

这时，从别墅里传出了一个男人凄惨的叫声。一个嗓音沙哑的男人大声喊道：“你们快撤，不然我就把这里的人统统杀掉！”

苟兴强把别墅里的人当成了人质——这是王世安早就料到了的。

心理专家来了，一场艰难的心理战打响了。

一个小时以后，厨师和保姆走出了别墅。又过了四十五分钟，苟兴强的父母、妻子和子女走出了别墅。

又过了一个多小时，八个年纪稍大的参与赌博的人也被放了出来，两名司机和另外六个参与赌博的人被继续当作人质。

天快亮了，谈判仍然没有新的进展。

毒犯们的恐惧在加剧，不时地向外打枪。为了震慑毒犯，警察们以猛烈的火力对他们进行了压制。

等到天完全亮了，在外围进行管控的难度就会增大，所以必须尽快结束战斗。经总指挥部的领导同意，他们决定在确保人质安全的情况下发起强攻。

一阵密集的枪声过后，潜伏在别墅围墙处的特警砸开一楼的门窗，冲进了别墅。他们戴着红外镜，搜索着前进。

算上地下一层，别墅总共有五层。在通往顶层的楼梯口，意外发生了。毒犯们往楼梯及楼梯扶手上倾倒了大量的菜籽油，致使一名特警队员滑倒在地。倒地声引来了一梭子子弹，两名特警队员受了伤。

这时，毒犯和人质全部集中到了楼顶。楼顶有三分之二是露天花园，有三分之一是娱乐、健身房。楼梯很窄，只有八十厘米宽，只能通过一个人。楼梯口与顶楼之间有一道铁门，铁门上有一个射击孔和一个观察孔——上面的人可以把楼梯上的人观察得一清二楚。因此，如果在楼梯上强攻，会付出很大的代价。

楼顶的娱乐、健身房三面封闭，只有露天花园那一侧有门窗。二十余名特警队员登上云梯，迅速地爬到楼顶，出现在了露天花园中。他们把三颗催泪弹射进了屋子，房间里顿时烟雾弥漫。

特警们冲进屋子，将所有人制伏了之后，带到了露天花园。

突然，别墅外面的街上响起了枪声。

强攻开始后，大多数人把注意力集中到了别墅这边。王钰参加了外围警戒，倚着人行道旁的一棵树，警惕地观察着周围的动静。

催泪弹射进别墅没多久，她就发现离她十几米远的一个井盖被掀开了，有一个人把头探出了井口。在明亮的街灯下，她定睛一看，不由得怔住了——是苟兴强！

于是，王钰毫不犹豫地冲了过去。此时，苟兴强已经从井里爬了出来，正要伸手去拿放在地上的手枪。他看到王钰冲到了自己面前，一跃而起，把枪口对准了王钰。

就在苟兴强准备把子弹上膛时，王钰一个扫堂腿，将苟兴强绊倒在地。

苟兴强倒地之后，抓起地上的枪，扣动了扳机。王钰就地翻滚，躲开了苟兴强的连续射击。

子弹打完了，苟兴强连忙更换弹夹。王钰抓住机会，一脚踢在苟兴强的手腕上，把枪踢到了几米以外。

接着，王钰和苟兴强对打了三个回合。苟兴强无心恋战，且战且退，准备逃跑。王钰猛扑上去，将苟兴强按倒在地，取出手铐，准备给苟兴强戴上。苟兴强一下子将王钰推开，爬起来就跑。

王钰紧追不舍，苟兴强拔出匕首，转身向王钰刺去。王钰早有防备，连续闪身，躲过了苟兴强的刺杀。这时，闻讯赶来的民警把苟兴强制伏了。

王钰警服的袖口被匕首划破了，小臂上有一道划痕，鲜血直流。

至此，五十二名毒犯被一网打尽，盘踞在山城的这伙毒犯被彻底清除了。山城的民警们对洛水县公安局的参战民警深表谢意，设宴为他们庆功。他们请媒体对王钰进行了专访，在报纸和电视上进行了追踪报道。

第三天，王世安率队返回了洛水。黄德培带领三十余名民警在洛水火车站列队迎候，向参战民警们献上了鲜花。许多百姓闻讯赶来，一睹缉毒英雄的风采。

当晚，在县里摆下了庆功宴，领导们都来了。他们频频举杯，向载誉归来的民警们表示祝贺。民警们十分高兴，喝了不少酒。

王世安喝了很多酒，但是没有喝醉。他在黄德培的陪同下，回到了自己的办公室。他们没有开灯，默默地坐在沙发上。

过了十几分钟，黄德培对王世安说："王局长，您连续紧张地工作了这么多天，一定很疲倦，早点儿休息吧！"

王世安点了点头，站起来，把门关上，然后与黄德培一起离开了办公大楼。在大楼前，王世安握住了黄德培的手，情深意切地说："老哥，这几年同你搭档，我很愉快！谢谢你！"

"我欣赏你的坚韧与执着，更欣赏你的从容与淡定。"

"谢谢你，谢谢与我同甘共苦、生死相依的民警们！"

"你这样动感情……难道真的想走吗？"

"没有不散的宴席……这种状况，我能不走吗？"

"都快五十岁的人了，重新开始是很艰难的！"

"听说，市公安局的警察协会换届，缺人手。我想去争取一下……"

"你还不到五十岁，找个朋友帮衬一下，干上十年八年，多赚点儿钱，不好吗？"

"算了吧！到了那里，我就是想发挥一点儿余热，做一点儿有益的事。只要有好的心境……每一天都是美好的！”

“我真佩服你！”

不知不觉中，他们已经走到了王世安的宿舍门口，只好暂时告别了。

王钰回到家里，刘文浩早已为她准备好了洗澡的热水。王钰洗完澡，换上了睡衣。刘文浩上下打量着王钰——这就是媒体报道的英姿勃发、智勇双全的女英雄吗？这就是他的那个面容俊秀、如花似玉的老婆吗？

王钰有些不好意思地说：“怎么，不认识我了？”

“是的，我真的有点儿不敢与你相认了！”

“有什么不一样吗？”

“是啊！面对犯罪嫌疑人，你是那么沉着、勇敢……”

“我是警察！警察本来就不怕罪犯，就像猫天生不怕老鼠一样。”

“当时，你真的没想过有多危险？”

“来不及想，所以我就没有想。”

“那个叫‘苟兴强’的毒犯曾经在少林武术学校学过三年武术——你是怎么把他制伏的？”

“别忘了，我在警校学过擒拿格斗！还有，这段时间，我一直在跟爸爸学习马氏武功。”

“哦，我怎么没想起来！”

“还想问什么，快问吧！这是你做宣传工作落下的毛病——打破砂锅问到底！”

“噢，不问了……让我好好看看你！”说完，刘文浩把王钰搂到了怀里。

王钰用双手勾住刘文浩的脖子，在刘文浩的脸上轻轻地吻了一下，小声问："你是不是担心了?"

刘文浩轻轻地摇了摇头，说："你说走就走……什么时候走的，我不知道……去干什么，我也不知道。不知道的事情，我有什么可担心的?"

王钰以为刘文浩生气了，心里有一点儿内疚。她追问道："真的不担心?"

刘文浩漫不经心地说："第二天下午，你给我发了短信，说你去重庆了，和王局长他们在一起办案。你和身经百战的老局长在一起，我有什么不放心的?"

"噢，你还真的放心了呀!"

刘文浩这才注意到，王钰是在撒娇。于是，他轻轻地咳嗽了一声，一本正经地说："说实话，当我得知你乔装打扮，与毒犯周旋……英勇无畏地与武功高强的毒犯进行搏斗时，我真为你捏了一把汗!"

王钰严肃地说："这是我们的工作性质，你应该理解……对不起，让你担心了！你害怕吗?"

"怕倒是不怕，就是有点儿紧张!"

王钰笑了，笑得那么可爱……

为了收购洛泽河镇的李子坪铅锌矿，锦宏集团花费了近两个亿。进入夏季以后，雨水不断。洛水这个地方山高坡陡，容易发生泥石流。监管部门多次警告，责令他们停工停产，贺秋枫都当成了耳边风，不予理睬。他觉得，有关部门这是在小题大做。

端午节那天下午五点钟，矿工们提前两个小时收工，回家过节去了。他们刚回到工棚，矿山的上空便乌云密布了。

突然，狂风大作、雷电交加，下起了瓢泼大雨。矿洞边上的几棵碗口粗的大树被连根拔起，矿工们的牛毛毡房被吹倒了一片。矿工们想跑进矿洞避雨，却被工头制止了，只好站在雨水中，被淋成了落汤鸡。

渐渐地，雨小了。矿工们听到一声巨响，大地在颤动。有人惊叫道："塌方了，快跑！"

矿工们跑到五十米以外的小山梁上，回头一望，只见矿洞和工棚已经被泥石流淹没了。

矿工们幸免于难，但是矿洞毁了，一两年之内很难恢复生产。

灾后第三天，贺秋枫来到矿山，察看了灾情之后，倒吸了一口凉气。

为了防患于未然，贺秋枫亲自组织，对锦宏集团旗下的公司、矿山进行了一次全面、系统的安全大检查。他刚听完汇报，正准备出发去几个有隐患的地方督促整改，黄晓翔走进了办公室，后面跟着凤山乡沙坝村的主任马光远。

贺秋枫在收购和改造沙坝煤矿期间，多次与马光远打过交道。他递给马光远一支烟，然后开门见山地问："有什么事吗？如果村公所有什么困难需要帮助，不妨直说！"他以为马光远是来找他谈捐建沙坝小学的事的，不料马光远一开口就说："贺总，沙坝煤矿可能要出事！"

贺秋枫一听，神经马上就绷紧了。他盯着马光远，追问道："是吗？你快说！"

马光远不紧不慢地说："哎呀，贺总，你别急，我也只是猜测……"

"快点儿告诉我吧！"贺秋枫显得很急躁。

马光远想了想，然后简明扼要地说了一些情况。

沙坝煤矿周围是喀斯特地貌，有地下溶洞和暗河，容易出现地裂和塌陷。一旦出现地裂和塌陷，暗河里的水便会涌进矿洞，造成事故。另外，煤矿周围的村民也会受到影响。最近几天，有村民到村公所反映，离煤矿不远的山上有几条新的裂缝。村干部去察看了一下，发现果然有裂缝，而且裂得越来越大。

山崩地陷是要死人的，多数人怕死，早早地就搬走了。但是，有二十多户人家死活不搬家，硬要逼贺老板“多出点儿血”。

贺秋枫是当地土生土长的商人，知道村民的心理。于是，他拿了十万元现金给马光远，请马光远帮他去做村民们的工作。

拿人钱财，替人消灾！马光远不分白天黑夜，挨家挨户地去劝说，终于说动了这些“钉子户”。

不料，村民们搬走之后，煤矿就透水了，五十多名矿工被困在了井下。

一开始，贺秋枫怕安监部门知道了，没有好果子吃，便自己组织施救。可是，纸里包不住火——矿工的家属得知这一情况之后，报了警，惊动了矿山救护队、消防队、医护人员和公安部门。县委领导第一时间来到现场，组织上千人忙活了三天三夜，终于把井下的矿工全部救了出来。

贺秋枫花了一大笔救援费，矿洞也被安监部门给封了，不许再生产了，可谓“损失巨大”。遭受了这么大的打击，贺秋枫的心情特别不好。于是，她给罗雁打了个电话，让她把儿子抱来看看，这样心情会好些。

看到了儿子，贺秋枫的脸上露出了久违的笑容。

贺秋枫看了又看，看不出儿子什么地方像他。这时，黄晓翔推门进来，手里拿着一个文件夹。贺秋枫指着儿子，问黄晓翔："这孩子什么地方像我呀?"黄晓翔看了一眼罗雁，又看了一眼贺秋枫，满脸通红，说不出话来。

罗雁连忙解释道："任何胚胎都是由一个精子和一个卵子结合而成的……一半来自父亲，一半来自母亲。染色体是遗传物质的载体，结构各不相同……所以，子女和父母不可能完全一样。"

贺秋枫看了罗雁一眼，半开玩笑地说："只要是你亲生的就行!"

罗雁把儿子抱过来，笑着说："我说的这些网上都有，不信你们看!"说着，她掏出手机，搜出了相应的网页。贺秋枫笑了，笑得有些生硬、干涩。

罗雁正儿八经地说："现在，社会上流行着一种说法：不能让孩子输在起跑线上。儿子再过两年就要上幼儿园了……我可不愿意让儿子在咱们这里上学。让儿子去省城上学吧！现在，政策放宽了，只要有住房就可以把户口迁到省城去。你还要在洛水发展……先把我和儿子的户口迁过去吧!"

贺秋枫开心地笑着，随口说道："给儿子买套别墅……就是大城市的人了!"

罗雁掩饰不住内心的喜悦，笑着把儿子从贺秋枫怀里抱了过来，带着保姆离开了贺秋枫的办公室。

黄晓翔呆呆地目送着罗雁。

贺秋枫没有注意到黄晓翔那异样的表情，问道："晓翔，有事吗?"

黄晓翔有些慌乱地走到贺秋枫面前，把文件夹递给了贺秋枫："贺总，这是财务部送来的报表。好像是资金周转上出了点儿问题……"

贺秋枫打开文件夹，叹了一口气，自言自语道："花了这么多钱……矿山又不能生产了，收入减少了一半……资金周转是个问题啊！怎么办？”

王钰在县公安局开完会，兴高采烈地回到了家。刘文浩一边拖地，一边跟着电视哼唱着一首老歌：《革命人永远是年轻》。王钰进了门，见此情景，连忙问道：“文浩，你这么高兴，为什么呀？”

“你先说吧，我看你也挺高兴的！”刘文浩见王钰也很高兴，便想让王钰先说。

“我们单位今天下午召开全体民警大会，宣布了人事任免决定……我当上县公安局的副政委了！还有，黄政委告诉我，刚接到通知，我被公安部评为了‘二级英模’……我国庆节要到北京去接受中央领导和公安部领导的接见，并参加国庆观礼活动。快告诉我，你有什么喜事？”

“老婆，我真为你感到骄傲！我们县图书馆被确定为全省的示范单位啦！还有，我要去北京大学读在职研究生了，国庆前就去面试！”

“难怪你这么高兴！”

“我们不多说了，快把这些消息告诉四位老人吧，让他们也高兴高兴！”

“好的！你打电话给海洋的爷爷、奶奶……我收拾一下，我们一起去见海洋的外公、外婆。晚饭后，咱们把海洋接回来——我好几天没见到海洋了，想儿子啦！”

接听了刘文浩的电话之后，刘学峰和张怡高兴极了。他们想让刘文浩和王钰从北京回来之后到洛水来一趟，给他们讲一讲在北京的见闻。另外，他们很久没有见到自己的孙子了，想让刘文浩他们把海洋带来，让他们好好看看。

王玉甫和杨云锦一边吃饭，一边听女儿、女婿讲要去北京的事，脸上挂满了笑容。杨云锦不停地给女儿、女婿夹菜，而王玉甫则感叹道：“苦尽甘来啊！你们吃了那么多苦，也该高兴一下了！不过，也不要骄傲自满……”

吃完饭，王钰收拾碗筷、打扫卫生，刘文浩和两位老人聊起天来。

王钰：“文浩，新建县图书馆的工程是由你负责吗？”

刘文浩：“不是。土建、装修工程由县文化局的领导负责，设施和图书由省文化厅的有关部门负责，只是在规划、设计的时候征求一下我们的意见。在验收的时候，他们会让我们提点儿整改意见……”

王玉甫：“这样很好！沾钱的事情，能少管就少管，能不管就不管……要管就要守规矩，避免财务上的风险……”

刘文浩：“放心吧，我不会插手图书馆的建设！”

平时，刘文浩很善于学习和思考。他利用图书馆的便利条件，撰写了调查报告《调查与思考：基层图书馆的困境与突围》。报告以洛水县图书馆为例，对基层图书馆的现状作了深刻的剖析，对“基层图书馆如何走出困境”进行了探索，提出了具有前瞻性和可操作性的对策。

刘文浩的这篇调查报告，由县文化局推荐，被市文化局选送到省文化厅，参加了年度论文征集评选活动，被评为一等奖。更重要的是，省文化厅决定按照刘文浩的构想，把洛水县图书馆建成功能齐全、设施完善、环境优雅的基层图书馆示范点。

流动资金不足让贺秋枫感到了困难与压力。他决定扩大煤炭的生产，把毛家坪、李子坝、沙坝三个矿山的矿工全部招回来……又招了五十余名新矿工，安排到了尖山、麦地坝、老鹰岩三个煤矿，二十四小时轮流加班。

井下常年阴暗、潮湿，矿工们都喜欢上白班——可以不时地出去透透气儿。为了鼓励矿工上夜班，贺秋枫增加了夜班补贴。扩大生产后，收入增加了，流动资金的压力得到了缓解，贺秋枫十分高兴。他头脑一热，忽略了安全隐患……

一个月过去了，没有发现任何问题。

两个月过去了，没有发现明显的问题。

到了第三个月，体弱的矿工就顶不住了。矿井内部的设施出现了老化和不足的现象，埋下了重大的安全隐患。腊月十二那天，尖山煤矿冒顶①了。过了五天，老鹰岩煤矿也冒顶了。一百三十名矿工被堵在了井下……经过昼夜不停地施救，大部分矿工安全升井了，但是有七名矿工窒息而死。

腊月二十五，把死亡矿工的后事处理完之后，大部分外地的矿工都回家过春节去了，只有三十六名本地矿工还在加班。晚上十点钟，麦地坝煤矿发生了特大瓦斯爆炸事故，井下的十七名矿工全部遇难。在井口作业的五名矿工被热浪掀翻，两死三伤。

贺秋枫在黄晓翔的陪同下赶到了现场。负责通风换气的矿工在抽风机旁睡得像死猪一样，被黄晓翔踢醒了。原来，抽风机的温度过高，停机了。井下的瓦斯浓度超过了12%，混合气体中氧气的浓度低于8%……引发了瓦斯爆炸。

贺秋枫见状，气得要死。他明白，这下他可摊上大事了。

死的矿工要火化，伤的矿工要治疗——钱从何处来？所

---

① 指在进行地下开采的过程中，上部的矿岩层自然塌落。

有煤矿都被关停了，矿工的工资和管理费用照样得付——钱从何处来？只有贷款了！银行拒贷——只有向小的信贷公司借了！

发生了这么大的事故，各级领导都非常重视。他们除了组织救援、安抚死者家属和慰问伤员以外，就是追查事故的原因了。

贺秋枫别无选择，只有投案自首了。

洛水县公安局的副局长田毅是这起案件的专案组组长，他与专案组的其他人一致认为，必须将贺秋枫绳之以法。

田毅、罗丽英（新任洛源派出所所长）、张云武（新任刑警大队大队长）和张淦昌（新任治安大队大队长）一起去找王钰，向她表明了看法。

黄德培见王钰一脸的愤恨，便安慰道："小王，我知道你心里想的是什么……"王钰看了一眼老政委黄德培，立刻就明白了他的意思。于是，王钰回到办公室，写了一份申请书，对贺秋枫的案件进行了回避。

考虑到贺秋枫要处理矿山的事情，县公安局的人没有把他关进看守所，只是让他取保候审。谁能给他做担保呢？他的女儿、女婿死了，老婆出家了……罗雁和金婷婷可以吗？不行——他们是情人关系，不是亲属关系，不能担保。他的两个儿子还小，没有担保能力，也不能担保。再说，还有保证金的问题——不要说二十万元了，就是两万元，他也拿不出来。

找不到保人，又交不出保证金，贺秋枫被监视居住，在汇源大酒店听候传唤、讯问……

天黑后，贺秋枫被释放了。

贺秋枫走到汇源大酒店门口，被风一吹，险些摔倒。他被监视居住了一个多月，失去了自由，天天被人问来问去，感到身体和精神都崩溃了，必须立即疗养。于是，他拦下了一辆出租车，到了成都郊区的一个名叫“布衣人家”的疗养院。

半个月后，贺秋枫觉得好些了，便让黄晓翔立刻开车来接他回洛水。黄晓翔连忙赶到成都，在“布衣人家”见到了贺秋风。他见贺秋枫的气色还不太好，便劝贺秋枫多疗养一些时间。但是，贺秋枫执意要回洛水。

回到洛水之后，他又受到了金婷婷的纠缠。他明白，金婷婷一定是知道他现在的窘境了，想趁火打劫，向他要钱。金婷婷不愧是电视台的专业主持人，很会耍嘴皮子：“你最近又忙又累，我早就想来看你了。台里的事情特别多，我一直抽不出时间来……”

贺秋枫在老板椅上坐下来，没有吭声。

“我知道你很想儿子，本打算把儿子带来，让你看看……临走时，发现儿子有点儿发烧……只好让阿姨带着，我一个人来了。儿子已经会喊‘爸爸’了……正月十五到省城去吧，让儿子好好亲亲你！”

贺秋枫无精打采地说：“好啊！”

金婷婷赶紧说：“我这次来，有一句重要的话要当面对你说。我接触的领导和专家比较多……从他们的嘴里得到了不少重要信息。当前，搞地产、开矿山很火，但是很快就会出问题——价格会迅速下跌。赶快收手吧，不要再往地产、矿山上投资了！”

贺秋枫有气无力地说：“我哪里还有钱投资啊！”

“我是真心为你好，才专门来提醒你！”

“谢谢你的关心！”贺秋枫明白，金婷婷这是在讨好他，真正要说的话在后头。

金婷婷见贺秋枫仿佛有所触动，觉得是时候了，便献媚道：“我还得提醒你一句……很多富豪和明星都到海外去投资……把钱集中起来，投到欧洲和美国去！澳大利亚和新加坡也很好，很适合我们去投资、居住……”

贺秋枫貌似认真地听着，没有答话。

“我知道，你还有一个小情人，叫罗雁……为你生了个儿子，你很喜欢……我告诉你，她太年轻、幼稚了……”

贺秋枫知道，金婷婷不达目的是不会罢休的，便打断了她，不耐烦地说：“你不要再说了！”

贺秋枫很清醒，知道金婷婷和他不是一路人。突然，他意识到，和金婷婷上过床的不止他一个人，儿子说不定……

于是，贺秋枫便发短信给黄晓翔：“连夜去省城一趟，为我儿子做亲子鉴定！”然后，他从自己的头上扯下几根头发，用纸包好了……

第二天，金婷婷变着法儿地哄贺秋枫，要他答应她的要求。贺秋枫异常冷静，对金婷婷不理不睬。

第三天下午，金婷婷又到贺秋枫的办公室里来捣乱了。贺秋枫埋头看文件，根本就不拿正眼看她。

金婷婷生气地说：“贺秋枫，你不能这样！我冒着大雪从省城来看你……看在儿子的面上，你也得对我好一点儿呀！”

“儿子？你跟谁生的儿子？”

“怎么，你连儿子都不认了？”

贺秋枫不慌不忙地拉开抽屉，取出了一张纸：“你好好看看吧！”

金婷婷充满了疑惑地走到贺秋枫身边，看到纸上印着“亲子鉴定书”五个字……

金婷婷一时乱了方寸，把亲子鉴定书撕得粉碎，装出一副问心无愧的样子：“这个鉴定书是假的，我不相信！”

说完，她头也不回地就走了。

贺秋枫恼羞成怒，发泄了一通之后，坐在老板椅上喘着粗气。这时，黄晓翔轻轻地推门进来了。见此情景，他轻声问道：“贺总，没事吧？”

“没什么！”

黄晓翔把手中的文件夹递给了贺秋枫。

贺秋枫问他是怎么回事，为什么要还那么多钱。黄晓翔小心地回答道：“银行利息不高，但没还的贷款数额很大。向小额信贷公司还贷，数额虽然不大，但是利息高。”

贺秋枫叹了一口气，又问黄晓翔楼盘的营销情况。黄晓翔的表情放松了许多：“还好，已经售出了一大半！”贺秋枫又问能收回多少资金，黄晓翔充满信心地说：“可以收回七亿元左右！”

贺秋枫心里有了底，脸上的肌肉放松了一些。他让黄晓翔督促地产公司抓紧销售，尽快回笼资金。另外，他让黄晓翔通知财务部，将地产销售收入的70%用于偿还银行和小额信贷公司的贷款，将地产销售收入的30%用于牛寨煤矿的“技改”工作。

贺秋枫认为，虽然房价上涨了，但是地产投资大、收效慢、风险高……煤矿虽然风险也大，但是煤价还在涨，投资小、收效快。于是，他让黄晓翔在一周之内拿出计划。

黄晓翔连忙说："贺总，我这就去办！"

2011年春节前，王世安接到通知，节后到市公安局警察协会报到，任副会长。下了一个星期的雨，天空终于变得晴朗了。此时，王世安的心情十分愉快。他到县政府去请了假，回家过年去了。

王世安通过"异地交流"到洛水工作已经六年多了。这一年，他破例与家人一起过了个完整的春节。他的妻子骆家惠在县城工作，多次动员王世安的父母到县城生活，以便照顾他们，可是两位老人始终不答应。他们不是念旧，舍不得离开乡下，而是怕增加儿子、儿媳妇的负担。

于是，王世安只好带上妻子和儿子到乡下去陪老人过年了。

过了春节，王世安告别了两位老人，带着妻子和儿子回去了。看着两位老人依依不舍的样子，王世安有些哽咽。他知道，自己到了市公安局警察协会，空闲的时间有可能会更多，回家看望老人会更方便。汽车启动了，他擦去眼角的泪水，对父母说："我一定会经常回来看你们的！"

回到县城，他发现大街上十分清静，丝毫没有"年味儿"。王世安去看望了几位老朋友，又陪了妻儿两天，春节就过去了。骆家惠是王世安的高中同学，大学毕业后被分配到了老家，在气象局工作，一干就是二十五年。气象局是个清水衙门，她挣不了多少钱。她也曾经想要换一个工作，可是她丈夫当上了县公安局的副局长……她怕别人说三道四，影响她丈夫的工作，便打消了这个念头。她也曾想过随丈夫去洛水工作，但是儿子正上初中，她担心儿子不适应新的环境，便放弃了这个想法。现在，儿子上大学了，丈夫被调到市里去工作了……她想了想，觉得自己已经年近五十了，干不了几年就退休了，很难适应新的岗位，不如再坚持几年，退休了再与丈夫团聚……

王世安被调走的消息不胫而走，来看望他的人很多。他怕滞留的时间太长，会造成不良的影响，便决定一个人乘火车离开洛水。

因为天气寒冷，所以很多人都在晚上十一点之前上床睡觉。王世安提着行李刚要出门，就听见了敲门声。他觉得很奇怪——这么晚了，谁会找上门来呢？他把门打开之后，发现是王钰和刘文浩他们夫妻俩，便把他们让进了屋。

王钰看见王世安手里提着包，连忙问道："老局长，您现在就要走？"

王世安："是的，我正准备出门！"

王钰："老局长，您怎么这个时候走呢？"

王世安："到了市公安局，天就亮了。你们这么晚来，找我有什么事吗？"

刘文浩："没什么事……我们就是想来看看您，陪您聊一聊。"

"好啊！要不然，我们边走边说吧……上车的时间快到了。"

王钰："您是要坐火车吗？怎么不让局里派车送您呢？"

"我一个人坐火车走就好了，不想打扰别人……"

此时此刻，说什么都是多余的。王钰接过王世安手里的包，感觉很轻，忙问："老局长，您就带了这么点儿行李吗？"

王世安淡淡地一笑："是啊！到了市公安局，房子是租是买，还没有定下来……等有了房子再说吧！"

刘文浩见状，对王钰说："我来提吧，你多和老局长说说话！"

王钰的眼圈儿红了，有些哽咽地说："老局长，谢谢您！没有您的关心和帮助，我们就不会有今天的幸福生活。您对我们的恩情，我们今生今世无法报答……"王世安怕惊动了邻居，连忙打断了她："说这些干什么……我差点儿忘了，你们到底为什么这么晚来找我？"

刘文浩："来看望您的人比较多……我们怕给您添麻烦，所以才等到夜深人静……"

王世安："你们是不是有什么话……有人在场，不方便说？"

王钰："不是……老局长，真的不是！"

王世安看出来了，刘文浩有些犹豫不决，一定是有什么话要说。

王钰迟疑了一下，看了一眼刘文浩，清了清嗓子，然后轻声说道："老局长，什么都瞒不过您！是这样……文浩参加省文化厅的副处级干部选拔，被录用了。半个月后，他就要到省里去工作了。"

王世安一听，高兴极了："太好了！你是什么时候参加选拔的？我怎么一点儿也不知道？"

"都怪我们，顾虑太多……早就应该向老局长汇报了！"王钰不好意思地说。

刘文浩："是这样的……我和王钰从北京回来后不久，在报纸上看到，省文化厅面向全省文化系统的副科级以上干部公开选拔……我们觉得这是个机会，就报了名。结果，我以卷面考试第一名、面试第一名的身份被省文化厅录用了。"

王世安："祝贺你，文浩！"

说完，王世安与王钰、刘文浩匆匆告别，坐上了出租车。

贺秋枫像个输红了眼的赌徒，急于下注，好把本钱捞回来。他几次打电话给张兴扬，都没有联系上。

春节过后，张兴扬不停地外出开会，一会儿在市里，一会儿在省里，直到正月二十八才回到洛水上班。

贺秋枫打算买些高档礼品去给张兴扬拜个晚年，可又觉得大包小包地提着不方便，只好装作公事公办，径直去了张兴扬的办公室。

张兴扬表情凝重地坐在办公桌后面，正在修改文件。贺秋枫大摇大摆地走进了张兴扬的办公室："书记，你是什么时候回来的？我怎么不知道？"

张兴扬头也不抬地继续修改着文件。贺秋枫走到张兴扬面前，没话找话地说："书记正忙着呢！"

张兴扬没有搭腔，继续修改着文件。贺秋枫后退了几步，坐在沙发上，想等张兴扬修改完文件再说。

张兴扬修改完文件，有点儿困，很想抽支烟解解乏，便在衣兜里和办公桌上到处乱翻。贺秋枫连忙掏出烟来，送到张兴扬手里，并帮助张兴扬把烟给点上了。

张兴扬深深地吸了一口烟，仰靠在椅子上，惬意地把烟慢慢地吐完，然后看了贺秋枫一眼，心不在焉地问他有什么事。

贺秋枫见张兴扬终于开口了，忙不迭地把手提包放在了张兴扬的办公桌上："没什么事，就是来看看书记！"

张兴扬知道，贺秋枫是"无事不登三宝殿"。于是，他把手提包推开，不耐烦地说："我正忙着呢……有事说事！"

贺秋枫十分尴尬，停了十几秒钟才鼓起勇气说："我真的是来看书记……顺便请书记向有关部门打声招呼，让我恢复煤矿的生产。不然，我的日子就没法过了……”

张兴扬一声不吭，把桌上的文件拿给贺秋枫，让他自己看。

贺秋枫把文件拿在手里，瞟了一眼标题，发现是关于矿山事故的调查报告，便灰溜溜地转身走了。

张兴扬大声喊道：“你的包！”

贺秋枫头也不回地朝楼下走去。

张兴扬叫来秘书，吩咐道：“贺总把包落在这儿了，你给他送去！”

贺秋枫万万没有想到，设备安装完毕之后，煤炭还没有挖出一车，煤炭市场的行情就急转直下了。煤炭的价格在一夜之间大幅下滑，降得比生产成本还低。

贺秋枫这下可傻了眼，气得浑身发抖。银行把他的账户全部冻结了，法院把锦宏大酒店和矿山给查封了，小额信贷公司的人把别墅给锁上了……

一瞬间，贺秋枫的资产被清理得一干二净。除了藏起来的二十根金条，他什么也没有了。

贺秋枫打电话找黄晓翔——关机了，打电话找罗雁——也关机了。

贺秋枫彻底绝望了，想回老家给父母烧炷香。

贺秋枫来到父母的坟前，跪在地上不断地磕头，泪水滴落在手中的纸钱上。他伸手去拿纸钱，却抓住了一个人的手。他以为遇见鬼了，定睛一看，原来是满头银发的李学姝。

李学姝定期回洛水取工资，知道贺秋枫落难了，怕他想不开，便尾随他来到了这里。烧了香，磕了头，她拉着贺秋枫的手，蹒跚着走在落日的余晖里……

试用期满了之后，刘文浩被省文化厅正式任命为公共文化处的副处长，分管图书馆和文化馆。这是他熟悉的业务，他很快就上了手。

顺顺当当地在省文化厅站稳了脚跟，刘文浩十分高兴，脸上挂满了笑容。不过，他也有烦恼的时候，那就是下班以后。一开始，他整天忙于工作，回到宿舍以后就累得筋疲力尽了。适应了环境以后，空闲的时间多了起来，他便开始思考更多的问题了，比如，如何提高工作效率、如何把老人接到身边来照顾、如何解决夫妻两地分居问题，等等。等父母和老婆、孩子都来了，房子就不够住了，总不能老住单位的周转房吧！

省城昆明是一座历史文化名城。它海拔高、纬度低、阳光充足、雨量充沛，是“全国十大宜居城市”之一。

东城区新开盘的望春苑，依山傍水，绿化率很高。小区里都是带电梯的板楼，南北通透。小区的配套设施十分完善，有幼儿园、小学，还有购物广场、医院、酒吧、美食城、银行、酒店、健身房等。小区附近的地铁即将开通，交通十分方便。

经过反复对比，刘文浩打定了主意，决定在望春苑选购三套住房，把其中的两套给两家的四位老人住，把剩下的一套留给他和王钰带着孩子住。端午节放假期间，他先后来到朝阳和洛水，同四位老人及王钰商量了购房事宜。他把自己的意见和盘托出，获得了一致赞同。于是，他决定让王钰带上儿子小海洋先搬到娘家住一段时间，把小夫妻俩在洛水的旧房卖掉，用卖房子的钱作首付，贷款把望春苑的三套房买下来，然后再把老人住的旧房卖了，用来还贷款。

2012年夏至的时候，已经有两套房子装修好了。刘学峰、张怡夫妇和刘文浩先住进了新房，王玉甫、杨云锦夫妇和小海洋暂时陪着王钰住在洛水。刘学峰、张怡、王玉甫和杨云锦都退休了，可以把户口迁到春都。小海洋尚未读小学，把户口迁到春都去也没什么问题。可是，王钰作为公务员，从县城调到省城，就没那么容易了。

白天，刘文浩忙于工作和学习，还要抽时间安顿新家和陪伴父母，倒也充实。可是，到了晚上，他一个人住在宽敞的新房里，就难免会思念自己的老婆、孩子了。

刘文浩回忆着与王钰从相识、相恋到结婚的情景，心情无法平静。就连晚上做梦的时候，他都会梦见王钰依偎在他的怀里。看到别人家的小孩儿，他就会联想到小海洋。他觉得愧对儿子，没有能够时时刻刻陪伴儿子。

夜，是那样寂静！他再也无法入睡，披上衣服，给王钰发了一条短信，道出了自己的肺腑之言：

写满爱的字典里/全都是你的名字/充满爱的眼睛里/全都是你的影子……

听到短信的提示音，王钰打开手机，读着丈夫发过来的诗句，眼泪像断了线的珍珠一样掉了下来。

政工部门人少事多，王钰既要配合老政委组织政治学习、开展思想教育，又要亲手去做大量的具体工作，忙得不可开交。晚上回到家，她安顿好了父母和儿子，便会躺下来思念自己的丈夫。

昆明是我国面向南亚、东南亚开放的门户城市，是国际知名的旅游胜地，城市人口急剧增加，给交通管理、治安管理、消防管理和人口管理带来了很大的压力。因此，经上级公安机关批准，昆明市公安局拟从全省公安机关选调大批民警，以加强昆明的警力。消息传到洛水，王钰喜出望外，第一时间提交了申请书。

昆明市公安局有关部门的同志经过认真地考察，认为王钰完全符合选调条件，同意了王钰的申请，为她办理了工作调动手续，要求她在一周内到昆明市公安局东城分局报到。

刘文浩接到王钰打来的电话，知道爱妻就要到昆明市公安局工作了，便兴冲冲地去找省文化厅的领导请假，到洛水去接岳父、岳母和妻子、儿子。

刘文浩向同事借了一辆越野车，第二天一大早就出了城，在天黑之前赶到了洛水。吃完晚饭，一家人有说有笑地出门去，到街上走了走，权当与这座小城告别了。

天气太热，在街上纳凉的人很多，他们遇到了不少熟人，收获了很多祝福。一家人十分高兴，玩儿到晚上九点多钟才回家。

他们回到家里，已经是晚上十点钟了。王玉甫和杨云锦烫了脚之后，带着外孙子睡觉去了。

刘文浩和王钰洗漱之后，也睡下了。

凌晨四点三十二分，一声炸雷把他们惊醒了。一道道闪电划过天空，一阵阵雷声震耳欲聋。

刘文浩一跃而起，去关窗户，可是风雨太大，根本就关不上。王钰下床来帮他，只见一道电光闪过，断电了，全城一片漆黑。刘文浩和王钰把卧室的窗户关上之后，便去关客厅和厨房的窗户了。王钰听见父母正在关卧室的窗户，便没有去打扰，返回了自己的卧室，紧紧地抱住了刘文浩。

王钰长这么大，从未见过如此大的暴风雨。她躺了一会儿，忽然惊叫了一声“不好”，然后翻身下床，迅速地穿好了警服。

刘文浩关切地问：“怎么啦?”

“我要去公安局!”

“我陪你去!”

“不需要！你照顾好老人和孩子就行了!”

刘文浩帮王钰穿上雨衣，又把强光手电筒递给了她。

王钰头也不回地冲到了暴雨中。

王钰跑到公安局的办公楼前时，民警们已经陆续赶来了，在会议室里待命。

此时，除了局长，其他领导基本上都到了。黄德培焦急地看了一下手表，无奈地说：“再等两分钟吧!”

局长迟迟未到，黄德培只好下令：

“按既定方案分头行动!”

接到命令之后，各位副局长带领民警们闪电般地冲到了暴雨中。

这时，政委的手机响了——电话是县看守所的所长打来的：“犯人闹监，控制不住，请求支援!”

黄德培看了一眼王钰，大声命令道：“你带上十名民警，立即赶到看守所!”

于是，王钰带着十名民警到了被水淹没的街道上。进入看守所之后，他们在所长的引导下，走到了监舍之间的过道上。他们用手电筒照射着，观察了一下监舍里的情况，发现积水足有一米深。年轻的武警战士站在岗楼上，荷枪实弹，警惕地注视着监区。

洛水看守所在城郊的山脚下，是七年前建的。山洪漫过挡水墙，灌进了看守所。雨还在下，水还在不断地流进看守所。

情况危急，要是把二百多个犯人都放出来，很难管控——他们一旦逃脱，后果不堪设想。他们中有杀人放火的，有盗抢财物的，有坑蒙拐骗的，一旦逃脱就很难抓回来。可是，如果不把这些犯人放了，他们一旦被洪水淹死了，后果就更加不堪设想了。

他们打开了监舍的窗户，没有用——窗户离地面足有三米多，即使把窗户全打开，洪水也流不出一滴。他们想挖开墙壁，不可能——监舍的外墙都是用钢筋、混凝土浇灌的，十分结实……

怎么办？所长抓耳挠腮，想不出好的办法。王钰用手电筒不停地扫射着监区，试图找到“漏洞”。突然，她眼前一亮——厨房与监舍相连，门是木头做的，窗户很矮。于是，她让所长带人砸开了厨房的门窗。

接着，她让看守所的值班民警带人把看守所的外墙凿出几个洞，好让从厨房流出来的洪水顺利地排出去。

五分钟后，洪水从厨房里流了出来。

十五分钟后，洪水从外墙上的洞口迅速地排了出去。

王钰拿起手机，把抢险的情况向黄政委进行了汇报。

听完王钰的汇报，黄德培严肃地命令道：“留下五名民警，配合看守所的民警们做好后续工作！剩下的五名民警立即赶到指挥中心！”

王钰气喘吁吁地赶到了指挥中心。没等她坐下来，黄德培就把手中的文件夹递给了她，然后递给了她一杯热水。

王钰一边看文件，一边喝水，表情渐渐地严肃起来。

文件夹里有三份文件。

第一份文件是实时天气预报，称“近期，受太平洋环流强冷高压和四川盆地热低压的影响，横断山以北地区有中到大雨，局部地区有暴雨。与洛水县相邻的五个县，大部分地区遭遇第一轮大到暴雨以后，中到大雨将持续一个星期左右”。

第二份文件是洛水县防汛抗洪指挥部的汛情通报。通报称：“全县大部分地区有大雨，县城及周边地区有暴雨。洛水段洪水超过历史最高水平，达 18000 米/秒。洪水漫过了河堤，并且冲毁了一部分河堤。出城的三条公路被洪水淹没了，其中的一条公路局部被冲毁。已疏散沿岸群众一千人，还有两千余人需要紧急疏散。”

第三份文件是与洛水县相邻的峒中县人民政府在十分钟前发来的紧急求援电报。电报称：“峒山县全境遭遇罕见特大暴雨的袭击，致使天坑背面的山体大面积陷落。青山乡的背坡被冲开了一个豁口，形成了宽二百米左右的泥石流，长达十余公里。县城与青山乡之间唯一的一条公路被冲毁……”他们请求洛水县政府帮助他们疏通公路，并筹集一部分救灾物资。

电报的页眉处有几行潦草的文字：

由卢玉儒副县长带领二百名民警和消防、武警官兵，以及应急民兵，组成救援队，负责疏通道路、救援群众。由县民政局暂拨价值三百万元的救灾物资，支持和帮助峒山县救灾。

张兴扬

等王钰看完文件，黄德培语气坚定地说：“王钰，你在指挥中心带班，我带队去峒山县支援救灾！”

“不行!”王钰大声说道。

“怎么不行?”黄德培反问道。

“你是总指挥，这里不能没有你。还有，你年纪大了，翻山越岭会吃不消的……”

“我是政委，我不带头谁带头?”

“我去!”王钰斩钉截铁地说。

“你去?不行!”

“就让我去吧!”

黄德培认为，这样争下去，只会浪费时间，便情真意切地说:“王钰，这次任务太艰巨，我真的担心你……你就要到新单位去上班了，我怕耽误了你……”

“出城的公路被损坏了……我一时半会儿也去不了昆明了。我个人的事再重要，也比不了抗洪救灾。”王钰的目光十分坚定。

“那好，你去吧!一路多保重!”黄德培挥了挥手，算是与王钰告别了。

于是，王钰便转身冲下楼去。楼前，六辆警车已经启动了，三十名民警整装待发。王钰打开第一辆警车的车门，坐了上去。

天快亮了，六辆警车闪烁着警灯，一溜烟儿地冲出了大门。

出城不到两公里，他们的警车就被几棵被狂风吹断的大树和几十块石头给挡住了。王钰给带队的卢玉儒副县长打了个电话，请他派人用挖掘机和推土机开路，清除障碍。接到王钰的电话时，卢玉儒正在调集救灾物资和车辆。他对王钰说，挖掘机和推土机马上就送到。

大雨滂沱，泥沙横流，他们用了三个多小时才终于到达了离县城五十二公里的地方——洛水、峒山两县交界的公路尽头。

从公路尽头到青山乡灾区有三公里左右的“断头路”。他们立即用挖掘机和推土机对路面进行了清理。王钰带领着三十名民警马不停蹄地踏着泥泞的山路直奔山下。

在两县的交界处，峒山县青山乡的乡长带着一名村干部和一名穿着迷彩服的民兵迎候着他们。飞奔而来的民警如同神兵天降，使得乡长、村干部和民兵十分感动。

王钰和民警们一边走，一边向乡长和村干部了解灾情。据乡长介绍，在山脚下分散居住的村民们被雷声惊醒之后，四散奔逃。除了极少数行走不便的老人和残疾人以外，大部分人都躲过了劫难。

王钰认为，当务之急是抢救生命。她将三十名民警分成了十个小组，分头行动。

一个小时以后，董县长和卢副县长率领的救援队先后赶到了，两个县的消防、武警官兵也迅速地到达了救灾现场。

又过了一个小时，在汶川参加过抗震救灾的英雄部队——成都军区某部陆航团的五架直升机穿云破雾，飞到了灾区的上空。直升机在低空投下了食品、药品和救灾器材后，又去运输救灾部队和物资了。

王钰浑身沾满了泥浆，带着一组民警走家串户，向灾民了解情况。灾民们惊魂未定，都不太愿意说话。

在一个住着十多户人家的寨子里，董县长带着乡里和村里的干部竭力劝说村民撤到安全的地方去，可是有些村民死也不愿意离开。一位老人说：“我们这里的山很硬，祖祖辈辈住了几百年，没有发生过任何事情……我们在这里很安全，不要逼我们走！”

王钰见村民们舍不得离开老屋，便向董县长说明了情况，然后从衣兜里掏出手枪，向空中连续发射了三颗子弹。她大声喊道："我是警察！听我的，立即撤走！"

村民们被吓唬住了，扶老携幼地撤离了。

天黑时，村民们全都撤到了青山中心小学。这时，突然传来了几声闷响，村民们回头一看，只见村后的大山大面积滑坡，整个村子瞬间被泥石流吞没了。董县长向王钰投来了钦佩的目光……

青山中心小学是最安全的地方，几百名救援队员全部集中在了这里。晚上，他们同撤到这里的近千名无家可归的灾民挤在一起过夜。此时，王钰已经累得精疲力竭了。她穿着潮湿的警服和警用胶鞋，坐在学生坐的木凳上，头一歪，睡着了。

第二天，天刚亮，救援队员们简单地吃了些饼干和面包，喝了一些矿泉水，便拖着僵硬、酸疼的双腿出发了。

中午，有人告诉他们，在距离青山中心小学十公里左右的一个小山村里，有两户人家即将被堰塞湖淹没。董县长叫王钰带上十名民警和消防、武警战士，跟随他前去救援。

经过跋涉，救援人员到达了救援地点。浑浊的洪水形成了一个五千平方米左右的堰塞湖，即将淹没两户人家的房屋。房屋里的人员已经撤到了对岸的半山腰。

大家坐下来休息的时候，王钰喝了一口矿泉水。这时，传来了一个小孩儿微弱的呼救声。她侧耳倾听，发现声音是从歪倒在堰塞湖里的一棵大树上传来的。

于是，他们决定把救生绳的一端固定在对岸的一棵树上，把救生绳的另一端固定在歪倒在湖中的那棵树的树干上，然后再把小孩儿装在筐里救上岸。消防、武警战士随身带着救生绳，对岸的住户肯定有筐……可是，怎样才能到对岸去把救生绳固定在树干上呢？

要想到对岸去，唯一的途径就是通过堰塞湖上的堰塞体。堰塞体足有二百米长，人踩上去会深陷其中，不能自拔。堰塞湖中的大树离岸边很远，大概有三十米左右。湖水浑浊、黏稠，人游在里面十分吃力。人一旦被水下的杂草和藤蔓缠住了，就会有生命危险。大家犹豫着，谁也不敢轻易尝试。

一名武警战士扛着救生绳冲向了堰塞体，可是没走几步，一只脚就陷入了泥浆。几名战士冲过去，把他从泥浆中拉了出来。

怎么办？董县长提议，绕道过去。王钰表示反对，担心时间长了，孩子就没救了。她沉思了片刻，大喊了一声“我去”，便从一名战士的背上取下了救生绳。

董县长赶忙挡住了她：“不行，我们再想一想，看有没有别的办法！”

王钰十分固执，提着救生绳的一端走向了堰塞体。她看了几眼堰塞体上面的泥浆和石头，然后像燕子一样轻快地跑到了对岸。

岸上的人们都惊呆了，七嘴八舌地说：“哎呀，她会轻功，太厉害了！”“真看不出来，她胆子那么大！”“她是走过去的，还是飞过去的？”

王钰把救生绳的一端在岸边的树干上固定好，然后爬到坡上去向村民借了一个竹筐。她刚要离开，就听到有人说：“王警官，我来拿！”说着，那个人便从王钰的手中把竹筐拿了过去。王钰觉得很奇怪，她没有介绍自己的姓名，这个人怎么知道她姓王呢？王钰充满疑惑地说：“你是……”那个人接着说：

“王警官，你是贵人多忘事……你救过我的命啊!”

王钰这才想起来：“你是陈东强吗?”

“对，我是陈东强！五年前，你在天坑救了我一命……”

王钰没有多想，带着陈东强和几个村民来到岸边的大树下，交代了几句，便独自走到堰塞湖边，把救生绳拴在腰上，跳到了湖里。

她在洛水边长大，从小就会游泳。她用一只手推开浮在水面上的杂草，用另一只手划水，很快就游到了大树旁。她爬上树干，接近了那个小孩儿。这时她才看清楚，这是一个八岁左右的小男孩儿，坐在树杈上，用一只手抓住树枝，把头倚在树干上，已经气息奄奄了。

王钰固定好救生绳，把竹筐吊在救生绳上，再把小男孩儿抱到竹筐里，示意岸上的村民往上拉。小男孩儿被拉上了岸，去抢救了。

王钰从树干上解下救生绳，系在腰上，向岸边游去。还有十米左右就到岸边了，山坡上突然滚下来了许多石头。岸上的人惊叫了起来：“滚石!”

滚石砸在水里，掀起了层层波浪。这时，一个碗口大小的石头向王钰砸来。她眼疾手快，伸出双手护住了头部。岸上的人被吓坏了，大声叫着：“糟了!”

“哎呀!”王钰惊叫了一声，沉到了水里。

原来，王钰的两只胳膊被飞石砸断了。她挣扎着浮出水面，却因为胳膊受伤而无法划水。她强忍着剧痛，侧过身子，用脚拍打着水面，拼命游向离岸边最近的堰塞体。突然，她的脚却被杂草和藤蔓缠住了，身体开始慢慢地往下沉。

由于伤口的剧烈疼痛和内心的高度紧张，王钰的意识渐渐地模糊了起来。她仿佛听见儿子小海洋在哭喊着“妈妈”，仿佛看见父母和丈夫向她走来……

见此情景，陈东强吓坏了，赶紧去拉岸上的救生绳，想把王钰拉上岸。可是，救生绳被村民在救小孩儿时解开了，滑落到了水中。

王钰拼尽全力，挣脱了杂草和藤蔓，游到了堰塞体旁边。但是，她的胳膊受了伤，不能用力，无法爬到堰塞体上。陈东强赶紧跑了几步，来到松软的堰塞体上，弯下腰来，抓住了王钰腰上的救生绳，使劲儿把王钰往堰塞体上拉。王钰被拉上了堰塞体，可是陈东强的双脚却陷在泥浆里拔不出来了。他越挣扎越往下陷，眼看着就要完全陷下去了。王钰的胳膊断了，无法拉他出来，十分着急。

对岸的人们个个心急火燎，摩拳擦掌地要去救人。没等他们动身，陈东强的身体就开始快速地下沉了，只有头和手还露在外面。王钰大声喊着陈东强的名字，眼泪不住地往下流。这时，陈东强的脸上露出了笑容。他断断续续地说："王警官，别难过！我走了！你救过我……"

村民们扶着王钰，背上那个被救的小男孩儿，绕道去了青山中心小学。在那里，陆航团的直升机已经启动了。

直升机升空了，董县长、卢副县长向王钰挥手致意。民警和消防、武警战士举手行礼，目送着飞机向南飞去……